DE L'ORIGINE

DU THÉATRE

A PARIS

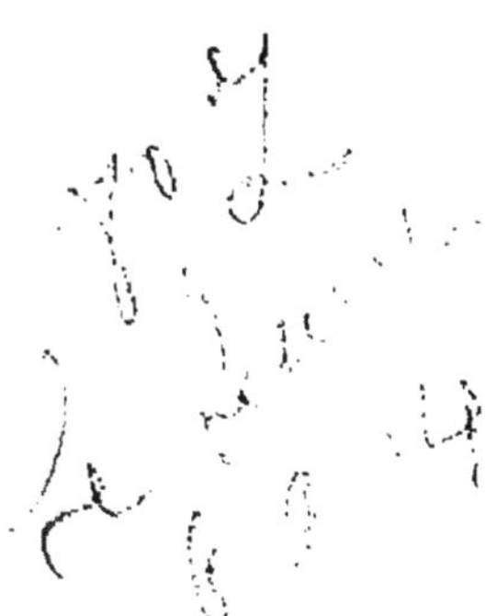

Tiré à 500 exemplaires sur papier vergé.

A PARIS

avec un frontispice à l'eau-forte, par Félix Lacet

PARIS

DE L'ORIGINE

DU THÉATRE

A PARIS

PAR

PAUL MILLIET

Avec un frontispice à l'eau-forte par Félix Lucas

PARIS

LIBRAIRIE DES BIBLIOPHILES

RUE SAINT-HONORÉ, 338

—

M D CCC LXX

Je me suis proposé d'établir un ouvrage nouveau sur l'origine du théâtre : je crois y être arrivé en réunissant le plus de renseignements possible sur tout ce qui s'y rattache, et en le présentant brièvement, sous une forme et avec une division étrangères aux autres ouvrages traitant des mêmes matières. Les érudits qui ont étudié déjà les commencements de l'art dramatique ont développé particulièrement, qui les mystères, qui les drames liturgiques, qui le genre classique : pour moi, j'ai voulu embrasser indifféremment ce qui a rapport à la naissance du goût pour les représentations scéniques, et donner au public une idée précise sur ce point. Ai-je atteint mon but ? Quel sera l'accueil fait à

cet opuscule, fruit de consciencieuses recherches ?
Je ne veux pas m'y arrêter, sachant par expérience que la meilleure préface n'est souvent pas
la moins ennuyeuse.

AVERTISSEMENT.

—————

D'APRÈS le curieux ouvrage d'un ar-
chidiacre, favori d'Alexandre VI, j'ai
établi à peu près ceci : Les commencements des tragédies et des comédies, à ce que
prouve Donest, sont venus des choses divines,
prix des vœux que faisaient les anciens; car, autrefois, par ce mot, « tragédie », on désignait les
autels où l'on sacrifiait et où l'on brûlait les boucs.
Cet animal était la rémunération, le loyer de ceux
qui faisaient des vers (1) en l'honneur de Bacchus;

(1) *Carmine qui tragico vilem certavit ob hircum.*
(HORACE.)

et comme le bouc nuit aux vignes, on l'immolait au *Liber pater*.

Thespis trouva ce poëme que l'on récitait en l'honneur d'un dieu, et Eschyle simula le premier l'acteur, le personnage : *Primus in lucem protulit Eschylus* (1). Mais ce n'est point de cela que nous parlerons, non plus que de *Livius Andronicus*, le Thespis latin, ou de *Pacuvius*, que Sénèque continua.

Le théâtre grec, et c'est cela seul que je veux constater, prit naissance des choses sacrées; la tragédie sortit du temple d'abord, comme dix-sept siècles plus tard les mystères de l'Église (2). La tragédie, dont Ovide dit : *Omne genus scripti gravitate tragœdia vincit*, la tragédie ne se retrouve-t-elle pas dans le chant et les gestes de ces enfants d'Athènes célébrant les fêtes par les villages, les bourgs et les carrefours, ainsi que Varro nous l'affirme? Cette analogie existe à d'autres époques et dans d'autres ordres de faits, je le sais; mais pour le théâtre les détails sont si précis, et il y a une telle contexture entre le sacré et le profane que je ne comprends pas la barrière imaginaire qui les sépare : aujourd'hui même que les

(1) *Fabius*, 10.
(2) Eschyle florissait en 540 avant J.-C., et les premiers drames datent de 1380.

écarts et les excès ont amené une rupture — définitive en apparence — entre la scène et l'autel, il ne
serait pas bien difficile d'établir clairement les
rapports de l'un à l'autre et le but qui est sem-
blable, en somme : de moraliser. Ce sont là des
théories qui exigent des développements considérables, et il est prudent de ne pas entreprendre
ce qu'on ne pourrait achever ; au reste, je ne veux
dans cet avant-propos que porter l'attention de
mes lecteurs sur la relation que j'ai soulignée : à
toutes les époques, il y a une connivence formelle
entre le théâtre et le sacerdoce. Que nous pre-
nions les mystères du fils de Jupiter et de Sémélé,
que nous considérions les poëmes de Thespis, ou
que nous étudions les miracles du moyen âge, nous
retrouvons toujours la même connexion, et c'est
de cette thèse, plus importante qu'on ne croit, que
j'ai voulu être champion. En témoignant de ce
principe, je demande avec une humilité qui n'a
que trop de raisons pour être sincère, l'indul-
gence du lecteur pour l'avalanche de documents
entassés dans les deux premiers chapitres ; et si
j'ai pu, par la suite, le distraire avec quelques
anecdotes curieuses, qu'il considère ces lignes
comme des matériaux que l'auteur se propose
d'employer avant peu dans un travail important,
le Théâtre et la Société. J'ai voulu tracer ici une

histoire succincte, en dehors des théories, et, toutes considérations à part, il ne fallait pas qu'en dépit de l'intérêt contenu dans ces questions à traiter, on pût dire : *Sed non erat hic locus.*

DE

L'ORIGINE DU THÉATRE

A PARIS

CHAPITRE PREMIER.

DU THÉATRE EN GÉNÉRAL AU MOYEN AGE.

---

§ 1. *Il y a eu scission entre le théâtre romain et le théâtre des mystères.*

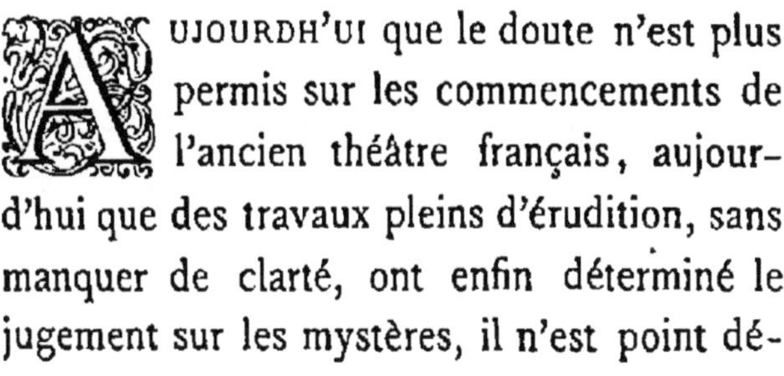

UJOURDH'UI que le doute n'est plus permis sur les commencements de l'ancien théâtre français, aujourd'hui que des travaux pleins d'érudition, sans manquer de clarté, ont enfin déterminé le jugement sur les mystères, il n'est point déplacé de traiter avec connaissance de cause des premiers vagissements de l'art dramatique en France. Les savantes recherches de M. Magnin sont restées dans la mémoire des bibliophiles, non sans prendre le second rang devant les précieuses études de MM. Édélestand du Méril et Moland. Cette grande discussion de l'origine du théâtre doit avoir son terme pour ne plus laisser les esprits des chercheurs inquiets d'être assurés que le théâtre a été abandonné dans une période de temps qui ne se termine guère qu'au XIIe siècle.

M. Fournel commence sa dissertation sur la littérature indépendante en disant : « Rien ne commence, tout recommence. » Je ne crois pas que le dicton populaire puisse être dûment appliqué au moyen âge, où je vois moins un réveil de l'intelligence qu'un esprit tout nouveau bien marqué dans les productions du temps. Le réveil intimerait une liaison entre l'époque où nous nous reportons et ce qui l'a précédée. Mais sans élever de controverse à ce sujet, on peut admettre que les idées assoupies devaient infailliblement avoir un parfum de vétusté qui nécessitait leur remplacement immédiat. Si, au XIIe siècle, le goût pour les représentations scéniques avait découlé d'une suite de pièces latines qui elles-mêmes étaient au bout des monuments que les Grecs et les Romains avaient eu la gloire d'élever, un raisonnement judicieux nous conduirait à cet argument : les premières actions produites par les monastères seraient comme un rejaillissement des grands tragiques grecs, qui n'étaient certes pas oubliés dans ces colléges; et au lieu d'analyser des actes diffus, agités d'un souffle malsain, on aurait devant soi une inspiration des sujets de Sophocle et d'Euripide.

Les mystères ont bien été enfantés, au contraire, par l'époque; le trouble et l'ignorance ont bien mis sur les parvis ces chroniques abstruses au dialogue à la fois naïf et effréné.

M. Viollet-Le-Duc père a expliqué la responsabilité qu'il faut laisser tout entière au moyen âge, en disant qu'on ne peut pas reconstituer une société morte de décrépitude. « Il fallut bien en former une autre, imparfaite d'abord, mais qui se perfectionna avec le temps. Et puis le ciel sous lequel se reformait cette société n'était plus le même. Ce n'était plus l'Inde, l'Égypte, la Grèce, l'Italie; c'était la Gaule avec une autre religion, d'autres habitants. »

Les vestiges de faculté dramatique, comme dit Sainte-Beuve, ainsi que quelques pièces latines composées dans les monastères du nord de l'Allemagne et citées par M. Magnin, ne sont que des pièces informes dont rien n'atteste d'ailleurs la représentation. M. Moland les considère comme de simples exercices de rhétorique, et l'illustre auteur des *Lundis* lui-même affirme : « En fait, les théâtres littéraires étaient, il y avait beau jeu, fermés au Xe siècle. » C'est péremptoire.

Je crois donc qu'il est superflu de remonter à Thespis et à son chariot, aux tréteaux d'Eschine ou au premier théâtre de bois d'Athènes pour trouver la naissance du goût pour les mystères; et ceux-ci forment la

première partie du théâtre français (du XIIe
au XVIe siècle). Boileau, à mon avis, n'était
pas si mal renseigné quand il écrivait ces vers
critiqués encore récemment :

> Chez nos dévots aïeux le théâtre abhorré,
> Fut longtemps dans la France un spectacle ignoré...

Quant aux pèlerins dont parle le poëte sati-
rique,

> De pèlerins, dit-on, une troupe grossière
> En public à Paris y monta la première.

ils sont mentionnés dans le Dictionnaire de
M. de Léris. (1) Ils revenaient de terre
sainte, et dans des solennités locales représentaient — mimaient est plus juste — les
diverses phases de la vie du Christ. D'autres,
« à leur retour, firent à leurs concitoyens des
tableaux si enchanteurs des solennités pom-

(1) « La carrière où Corneille, Racine et Molière firent
l'admiration de Louis XIV leur avait été ouverte par
quelques hommes du peuple qui, revenant de terre
sainte, s'en allaient dans les carrefours, le bourdon à la
main, jouant les Saints, la Vierge et Dieu par pitié. »

(SUARD.)

peuses et triomphales de l'Orient, que les peuples des Flandres, toujours amis du merveilleux, s'empressèrent de fixer le souvenir des récits des croisés par des représentations aussi brillantes que leur permettait l'état des arts à cette époque (1). »

Ces représentations *muettes* ont bien précédé le poëme dramatique ; M. Guizot, dans son étude sur Shakespeare, ajoute qu'elles avaient les faveurs du public au moyen âge : « Quand la poésie dialoguée eut pris possession du théâtre, la pantomime y demeura comme ornement et surcroît de spectacle. »

§ 2. *Influence des mœurs sur le théâtre.*

Au reste, pour voir tout à fait clair dans les ténèbres de ces années qui ont jeté la Passion sur des tréteaux licencieux, qu'on se reporte aux mœurs de nos pères. Les sentiments sont comme une flamme dont le courant emporte tout : rien ne résiste à sa violence, pas même

(1) A. DINAUX, *Description des fêtes populaires de Valenciennes*, page 6.

ce qui peut paraître à l'abri loin de ses rives. Ainsi l'art dépend essentiellement du milieu social, et, suivant les idées prédominantes, modifie ses règles du tout au tout. La confusion dans les idées, les esprits sevrés depuis longtemps de l'instruction, le désordre et la grossièreté qui régnaient dans la vie des nobles et des manants, tout contribuait à l'abaissement du niveau artistique ; à plus forte raison le théâtre, qui tient étrangement et par tous ses détails à la façon d'être de l'époque qui le crée, doit être insoumis sans correction ni unité, essentiellement religieux chez un peuple qui avait abandonné le poli de la civilisation.

M. Guizot, que j'aime à citer, trouve aussi que les mœurs et les usages influent sur le théâtre, et, après avoir parlé du peuple grec, « dont l'esprit et la civilisation ont suivi dans leur développement une marche régulière, l'auteur dit : « Le reflet de cette harmonie se répandit sur les lettres et sur les arts. »

Or le moyen âge est éminemment religieux, et son théâtre nous a valu une comparaison aussi exacte que charmante et facile de M. Didron aîné : « Les statues semblaient quitter les portails et les vitraux des cathédrales et descendre de leurs niches ou de leurs verrières pour jouer leur propre histoire devant la foule assemblée. » Et ce qui démontre le mieux l'origine du théâtre, c'est encore le délicieux chapitre du mystère du siége d'Orléans, où, avec l'autorité de M. Clément, Sainte-Beuve démontre que le mystère sort en réalité des proses religieuses chantées aux grandes fêtes dans les églises. Dans ces proses, il n'est pas rare de lire des fragments de dialogues où l'on fait parler Marie. Ces proses ont dû infailliblement avoir leurs commentateurs, puis leurs interprètes, qui, non contents de se faire entendre dans les répons du plain chant, se produisirent peu à peu sur les parvis. Après les scènes funèbres jouées et récitées à la mort de sainte Radegonde, au VIe siècle, selon Grégoire de Tours, on en vient au mystère des Vierges folles et des Vierges sages, représenté au XIe siècle *dans l'église*, ainsi qu'on l'a prouvé.

Chose remarquable ! si l'on étudie les premiers mystères, on s'aperçoit que toutes les indications utiles aux interprètes sont en latin : cela prouve — à une époque où le commun ne parlait que le dialecte anglo-normand — que ceux qui tenaient les rôles des « balbutiements » naïfs des premiers auteurs dramatiques étaient des gens d'église. Les *miracles* faisaient si bien partie intégrante de l'Église qu'on en trouve partout des preuves.

Dans le grand nombre d'acteurs. L'action nécessitait ainsi le concours des Confréries ; car dans ces institutions, dépositaires de tous les ouvrages de l'antiquité et concentrant toutes les forces intellectuelles de la nation, on était assuré de trouver une mémoire capable de réciter un rôle de 3,400 vers.

Dans les manuscrits. Il est fort instructif de parcourir les manuscrits des mystères. Un des plus anciens recueils de miracles, entre autres (N° 1139, B. I., format petit in-4, 235 feuillets), contient des proses (fol. 2-4), des morceaux de liturgie avec la notation musicale, des strophes en l'honneur de Marie, etc.

§ 3. *La simplicité des mystères comparée au luxe des fêtes du temps.*

De tout ce que nous devons au moyen âge, le plus extraordinaire, assurément, est ce je ne sais quoi qui engendre une diversité d'opinions inconcevable chez nos érudits. L'un trouve tout admirable, et l'autre laid sans restriction; celui-ci devient, selon la jolie expression d'Horace, *laudator temporis acti;* celui-là, au contraire, exalte le moderne. Enfin, si l'on ne craint pas d'opposer à Ossian ou à Homère les rudiments de l'art dramatique en France, on exagère aussi la mise en scène des mystères, dont quelques annotations nous révèlent les splendeurs.

Dans la Passion représentée à Valenciennes on vit des choses admirables : une éclipse, des tremblements de terre et bien d'autres merveilles. Un décapité prenait « tranquillement, aux yeux des spectateurs, sa tête dans ses mains, » et disparaissait en l'emportant.

C'était là une production de véritables trucs.
Les *échaffauds*, les *establies*, prouvent que les
charpentiers étaient arrivés à une habileté
indiscutable. Mais à côté de machines remarquables, je veux citer ces vers extraits du
mystère de l'Incarnation et de la Rédemption :

> Affin d'ennuy fuir nous nous tairons
> Présent des lieux ; vous les povez cognoistre
> Par l'escritel que dessus voyez estre.

Et combien ces splendeurs pâlissent devant
un mûr examen ! M. E. Morice, dans son
Essai sur la mise en scène, traite ainsi les
théâtres des mystères : « Ces constructions
étaient au contraire, pour la plupart, transi-
toires ; elles ressemblaient en cela aux reposoirs de la Fête-Dieu (1). » Puis l'insuffisance
de la seule mécanique (2) corrobore les arrêts
où est tracé — assez net dans sa brièveté —

(1) *Revue de Paris*, nouvelle série, novembre et décembre 1835.

(2) On a beaucoup vanté l'ascension de Jésus-Christ
dans *le Mystère de la Résurrection*, de Jean Michel En
voici la description : « Les cinquante et un personnages
qui s'élèvent dans les airs sont des statues de papier ou
de parchemin bien contrefaictes. » (3e journée.)

un plan du théâtre de la rue Mauconseil, et l'on conclut qu'après les establies et les nombreuses divisions de leurs étages, la scène, jusqu'aux innovations du marquis de Sourdeac, fut un plancher continu avec trois cloisons, l'une au fond, les autres à droite et à gauche. Ce fut un acteur de Tolède, Navarro, qui inventa les théâtres en y mêlant quelque pompe, dit Viardot. Cervantès a écrit sur ce Navarro : « Il inventa les machines, les nuages, les tonnerres et les éclairs. »

En ne s'arrêtant qu'aux dépenses nécessitées par les mystères et en les comparant à celles des tournois, des banquets, des fêtes royales, on est éclairé sur l'exagération des somptuosités anciennes au théâtre. Il est misérable de mettre en regard les cent mille livres que coûta le repas de Catherine de Médicis à Chenonceaux et les soixante livres que Gringore donnait à l'entrepreneur Marchand pour s'acquitter de tous les frais exigés par une représentation.

Le doute n'est même plus permis sur les magiques décorations des mystères quand les manuscrits notent que pour distinguer l'enfer du ciel il était absolument nécessaire de ne s'en rapporter qu'à l'Écriture, « auquel sera escrit : *Cœlum empyreum* », et que la création du jour et de la nuit se réduisait à ceci :

« Adoncques se doibt monstrer un drap peint, c'est assavoir la moitié toute blanche et l'aultre noire. »

Cela refroidit déjà notre enthousiasme ; mais je trouve au XIIe siècle un acteur d'un nouveau genre qui est fait pour nous rejeter dans l'admiration.

Dans le mystère d'Adam, chronique dialoguée et tirée mot pour mot des livres saints (1), on remarque que le paradis fut représenté par une grande quantité de fleurs, et qu'un serpent — boa constrictor des temps reculés — s'élança sur le pommier en vrai serpent bien appris.

De tout cela ne peut-on pas démêler que parfois les spectacles gagnent énormément à la description, et que l'imagination agrandit les

(1) C'est à M. Luzarche que nous devons de le connaître.

objets pour le peintre le plus fidèle? Au reste, dans le courant de ce travail, nous reparlerons de la mise en scène au moyen âge. Pour le moment, je ne veux que marquer une nuance éclatante qui fait distinguer la mise en scène des accessoires luxueux répandus à profusion dans les tableaux organisés pour l'entrée des rois et pour toute autre fête : cette distinction a été la cause de bien des erreurs. Sur les tréteaux, le geste l'emportait le plus souvent sur le mot, et le bruit des voix, les allées et venues des spectateurs, empêchaient d'entendre les paroles : on paraissait moins s'en soucier que des contorsions et des blasphèmes du diable.

Pour établir clairement la richesse des cavalcades, à côté de la pauvreté de renseignements sur les décorations scéniques (1), je me suis assuré d'abord que l'on a mis au-

(1) « Convenons qu'on ne trouve dans les auteurs aucun détail sur les réprésentations à cette époque, sur les décorations qu'on y employait, sur le talent plus ou moins grand des acteurs, etc... » Discours sur l'état des beaux-arts, *Histoire littéraire de la France*, tome XVI, page 278.

tant de soin à nous conserver le détail des entrées de rois et des ouvrages descriptifs qui relatent les fêtes et les réjouissances en dehors du théâtre, qu'à ne nous laisser aucune notion de la mise en scène au même temps. Sans appuyer plus qu'il ne faut sur cette dernière observation, je citerai une pièce des plus curieuses et où l'on s'aperçoit que le XVIe siècle possédait le talent d'émerveiller le peuple.

Il s'agit de l'entrée du roi Henri II à Rouen. Des gravures nous retracent plusieurs groupes. Non-seulement de brillants costumes rappelaient diverses cours et tous les rois de la France, mais deux troupes d'éléphants, « aprochans si près du naturel, pour leur forme, couleur et proportion de membres, que ceulx mesme qui en auoient veu en Affrique de uiuantz les eussent jugez, à les veoir, éléphants non faintz », annonçaient un tableau splendide. Sur une place de deux cents pas de long sur trente-cinq de large, on avait simulé un coin du Brésil. Des perroquets au perchoir, des singes grimpant aux arbres, des sagouins et d'autres animaux apportés du Brésil par des négociants de Rouen, faisaient illusion. Bien plus, il y avait « trois centz hommes tous nudz, hallez et hérissonnez, sans aucunement couurir la partie que la nature commande ; ils estoient façonnez et équipez en la mode des sauuages de l'Amérique, dont s'aporte le boys de Brésil ; du nombre desquelz il y en auoit bien cinquante naturelz sauvages..... Aulcuns se branlloyent dans leurs lictz subtilement tressez de fils de cotton. »

Il serait trop long d'énumérer le combat de « Canyballes », la lutte des dauphins dans la Seine, le théâtre de la Crosse, où l'on montra le ciel avec des étoiles qui « par subtil moyen se contournât, trâspiroit et d'ardoit flammes de feu vif », etc., etc. Mais il est évident que l'on n'hésitait pas à dépenser de grandes sommes pour des fêtes qui revenaient de loin en loin, à des époques indéterminées, et surtout qui piquaient l'amour-propre des villes. Puis l'affluence remboursait amplement les frais ; tandis que les salles exiguës où l'on

jouait les mystères ne faisaient que des recettes dérisoires au taux des places.

Après ce rapide exposé de ce qu'était le
théâtre à son origine, ou du moins de ce qu'il
comportait, je me propose de l'étudier par le
détail, en essayant d'éviter ce grand défaut
de l'histoire anecdotique : la minutie.

CHAPITRE II.

L'ENFANCE DE L'ART.

LA solution de continuité que l'on trouve au théâtre du VIe au XIIe siècle, et dont je ne vois la cause ni dans l'ignorance, ni dans l'apathie de l'époque, mais simplement dans les goûts populaires, est patente. Les cérémonies religieuses et les *miracles* reproduits par des groupes muets ne peuvent constituer une pièce, une œuvre dramatique. Une cavalcade n'est pas plus une tragédie que les quolibets croustillants d'un histrion juché sur un tonneau ne sont une comédie. A des signes caractéristiques, il est certain que progressivement la célébration des mystères s'est organisée dans l'église, sur le parvis, dans des locaux appropriés ;

que, fatiguées de se traîner de reposoirs en reposoirs, les processions ont gravi les marches des tréteaux, et que la parole donnée aux acteurs a ajouté un nouveau relief à leurs représentations d'épopées historiques, tandis que le poëte improvisateur, le trouvère, s'installait de son côté et distribuait les rôles qu'il avait jusqu'alors récités seul au public.

Quelques archéologues qui n'avaient qu'un but, celui de faire remonter l'art dramatique le plus haut possible, ont cherché, sans pouvoir l'établir, une analogie entre l'action des mystères et celle des poëmes des troubadours. Suard, dans ses *Mélanges de littérature*, a démontré le tort de ces recherches, et a donné ce simple avis : « Des pèlerins nouvellement revenus des lieux saints, où ils avaient adoré le tombeau de N. S., étaient assurément des personnages vénérables ; leurs jeux et leurs chants ne pouvaient qu'édifier. Excités par ces spectacles, de pieux bourgeois voulurent les perfectionner en leur donnant une forme plus régulière. » Quoi qu'on en ait dit, Boileau savait donc les particularités de l'origine du théâtre : ce sont bien des pèlerins qui ont donné le germe des miracles, et les histrions obscènes de Charlemagne et les bateleurs qui amusèrent la cour pendant près de quatre cents ans n'ont rien à faire avec les représentations scéniques ; ces derniers étaient des bouffons sans place, nomades, que ne rappellent même pas, et fort heureusement pour nous, les pitres de nos foires. Quant aux légendes dialoguées à rimes latines qu'on a retrouvées avec tant de peine, les agissements y sont sans suite, les propos souvent incohérents et toujours sans intérêt ; les personnages se succèdent dans une action embrouillée à plaisir ; et l'on peut assurer que ces essais ne découlent pas du théâtre romain. C'étaient là, si jamais ces légendes ont eu des interprètes, ce dont il nous est permis de douter aujourd'hui, c'étaient là plutôt exercices de truands, mêlés de danses et de luttes, — et que ne modéraient pas les ornements religieux nécessités par le sujet, — que tragédies ou même action suivie avec péripéties incidentes.

M. de Beauchamps a écrit : « Jusqu'à Charles V, dit le Sage, il ne reste aucune trace de spectacles. Je sais bien que saint Louis renouvela les ordonnances de Philippe-Auguste, son grand-père, et qu'il chassa les jongleurs, les comédiens et les farceurs du royaume ; mais ce n'étaient que des *pantomimes* que Constance de Provence, femme de Robert, avait introduits vers l'année 1009, époque où l'on doit fixer leur établissement. » On se perd dans le détail des preuves que l'auteur amasse par la suite, et nous nous contenterons d'indiquer qu'après avoir désigné d'une façon formelle les carrousels et les luttes comme les seuls plaisirs du temps, M. de Beauchamps dit que les scrupules de la dévotion firent entrer la religion dans les jeux, où elle régna en despote.

Pour déterminer les représentations muettes nous avons cette observation du *Mercure*, qui disait, à propos du mystère de Sainte Reine joué jusqu'au XVIIIe siècle : « C'est un spectacle où il y a plus d'*action* que de *paroles*, et auquel les *yeux* prennent plus de part que les *creilles.* » Dans la même année du *Mercure* (décembre 1729, page 2986), je lis également : « Ce qu'il y a de plus particulier, c'est que la rimaille est notée en plain-chant comme les anciennes proses. »

Le mystère des Vierges folles et des Vierges sages marque très-bien l'amalgame de processions, de cantiques, de psaumes. Ce mystère, fort ancien, contient deux cents vers dont presque tous ont quatre ou deux syllabes : il commence par une litanie avec répons entre les folles et les sages. Christ apparaît pour faire précipiter les folles dans l'enfer et laisser la place aux prophéties qui annoncent sa venue, et au « *Benedicamus* ».

A côté de ce mystère fort simple je citerai celui que mentionnent les frères Parfaict. On n'y récitait pas moins de quarante et un mille vers, et l'on y remarqua un contre-poids qui servait à élever le Sauveur dans les airs. — Ce contre-poids, mal combiné, était la terreur des acteurs de l'époque : ceux-ci étaient assez malheureux, à en juger par le rôle du Christ. Il fallait être solide pour résister au crucifiement, pendant lequel bien des acteurs s'évanouissaient. Robbé nous prouve en ces termes que le personnage du Sauveur avait d'autres désagréments. Un jour

> ... Il advint que chez Caïphe un drôle
> Qui haïssait l'acteur du premier rôle,
> D'un fier soufflet appliqué rudement,
> Colaphisa le Redempteur flamand,
> Qui de respect manquait chez le grand prêtre.
> — A ce coup-là, dit-il, ah ! maudit traître,
> Je ne dis mot, mais, de par la corbieu,
> Tu n'auras pas toujours affaire à Dieu !

Avant de nous écarter tout à fait du rapport établi entre les sociétés religieuses et les mystères, jeux ou miracles, qu'il me soit permis de produire des autorités. Ce rapport se trouve nettement dessiné dans les manuscrits, nous l'avons déjà dit. Sans parler de l'observation de M. Dulaure dans son *Histoire de Paris :* « Je me suis convaincu par la lecture de plusieurs mystères manuscrits que les auteurs chantaient sur le théâtre l'office du saint dont ils représentaient les actions » (tome IV, p. 345), l'on peut s'assurer que des légendes confuses ont été pendant près de quatre siècles

ou psalmodies ou dialogues entremêlés de plain-
chant, et que dans plusieurs de ces miracles
plus récents le hasard ou le besoin amène
toujours sur l'échafaud un chapelain qui en-
tonne le *Benedicamus*, finale ordinaire de ces
litanies. Je cite sans choisir un miracle de
Notre - Dame (vol. 7208, 4, B), folio 84
recto — dont le sujet est tiré du roman de la
Manekine), — où un chapelain termine l'action par ses chants; un miracle de Notre-
Dame, — *Comment le roy Clovis se fist
chrestienner* (man. 7208, 4, B), folio 262
recto, où l'archevêque termine la pièce par
une tirade et s'écrie : « Or sus ! chantons *Te
Deum laudamus*, etc. » L'énumération serait
fastidieuse.

Quand les mystères prirent une plus grande
importance, on vit la nécessité de les couper
en journées ; mais cette division se faisait
après une première représentation où les acteurs, parlant jusqu'à extinction, récitaient le
plus qu'ils pouvaient de la pièce (1). Pour le

(1) Quelle distance inconcevable de ces pièces informes, sans aucune règle, sans la moindre vraisem-

mépris de l'unité de temps et de lieu, il était à son comble. Dans le *Viel Testament*, après le meurtre d'Abel, il y a une pause et Adam reprend *ex abrupto* :

> Or il a cent ans constables ...

Cent ans se sont écoulés. Cet artifice scénique est très-fréquent dans les mystères, ainsi que celui qui consiste à chanter un psaume quelconque pendant que les acteurs vont de Manise à Salamine, de Salamine à Thaye, et de Thaye en Tille (*Destruction de Troye la grant*). Il y avait aussi des inconséquences inimaginables : on mêlait sans façon Virgile aux prophètes qui adorent le Messie nouveau-né, et on associait sa voix à celles de Mages pour entonner le *Benedicamus* éternel (L'abbé Le-bœuf, *Diss.*, tome III, p. 62).

C'est ainsi que dans l'Église le théâtre

blance, où les mœurs et les bienséances étaient sans cesse violées, où l'on ne s'exprimait pas même dans un idiome fixe, mais où l'on se servait d'un langage barbare que l'on hérissait de mauvais latin; quelle distance de ces monstruosités à nos chefs-d'œuvre, etc. (*Essais historiques sur l'art dramatique*, t. 1, éd. de 1785.)

grandit sous son égide et jouit de préroga-
tives étonnantes jusqu'au moment de la défaveur. Dès l'abord on avança l'heure des vêpres afin que les fidèles pussent assister aux
jeux de la Passion; plus tard, la disgrâce
suivant une progression intelligente, le théâtre retarda l'heure des représentations pour
ne pas enlever les fidèles aux offices. Puis les
comédiens se trouvent sous le coup de l'ex-
communication; puis les maîtres des jeux su-
bissent un droit, reconnaissent la suzeraineté
de l'Église, si l'on peut s'exprimer ainsi, en
consentant à une allocation de 1000 livres
parisis payables aux curés de Paris, qui en
feraient profiter les pauvres. On trouve même
là les bases de l'article réglementaire publié
dans la suite et par lequel les théâtres de foire
et même les théâtres secondaires devaient ac-
quérir le droit de représentation en servant
une somme fixée aux troupes royales établies
par lettres patentes.

Dans le principe les mystères avaient pour
but de réveiller la dévotion chez le peuple.
En cela les moralités tenaient un peu de ces

jeux ; elles devaient donner des exemples de vertu et en faire voir les beaux côtés, tandis que la *sottie* châtiait les vices de la noblesse, du clergé, et traitait des événements récents. Ce dernier genre devint bientôt le préféré, car, outre la trivialité du dialogue, fait pour plaire à un public ignorant, les traits étaient minutieusement composés pour des gens friands d'allusions lourdes et sensibles ; les sarcasmes empruntaient leur intérêt dans la reproduction de la réalité et de l'actualité. Il n'est pas moins singulier de retrouver la grossièreté des temps dans l'étude des bourreaux et des victimes des mystères. Sous le dessin du caractère on reconnaît facilement le membre d'un corps d'état quelconque, et, pour la populace spectatrice, Fesart, le bourreau de Domitien, Pille-Mortier, Gaste-Bois, n'étaient qu'un manœuvre, qu'un maçon et qu'un charpentier de sa connaissance : de là le plus grand succès.

Pendant le XIIIe siècle étaient écloses ces *pastorales* qui, avant d'être représentées, avaient été mises dans la bouche de plusieurs trouvères : ceux-ci s'ingéniaient à donner l'accent, la tonalité et le geste suffisants dans le récit pour permettre aux auditeurs de distinguer sur-le-champ les personnages. Je n'entends pas rappeler ici Guillaume de Poitou, le premier troubadour connu qui ait chanté en langue d'Oc, et Thibaut de Champagne, le premier trouvère de la langue d'Oyl : ces poëtes, dont la lyre ne s'accordait que pour amuser les cours et les distraire, n'ont pas le moindre rapport avec le théâtre, dont la composition populaire devait n'éveiller que l'intérêt du commun.

Les pastorales n'eurent jamais la vogue des mystères; Adam de la Halle et Jean Bodel, pour avoir conservé un certain lustre jusqu'à présent, ne passionnaient pas leur époque avec le *Mariage*, les jeux d'Adam et celui de Robin, autant que les deux Michel avec leurs scènes diffuses de la vie du Christ; et c'est toujours là un signe de la barbarie des temps, dirai-je tout en tenant compte des années qui séparent les auteurs que je viens de citer.

Les premiers drames, ces longues narrations prolixes (1380), eurent ce sort d'être débités dans la rue et sans autre appareil que quelques oripeaux. Le mystère de la Passion de N. S. au vif, « selon qu'elle est figurée au cueur de N. D. de Paris », qui fut joué à l'entrée des rois de France et d'Angleterre à Paris, le 1er décembre 1420, fut célébré « rüe de la Kalende, devant le Palais », et « duroit les échaffaux environ cent pas de long, venans de la rüe de la Kalende jusques aux murs du Palais. » (*J. de Paris*, 4°, p. 72.)

Dès l'abord, les tableaux des miracles avaient eu pour coulisses un bois et pour tréteaux une colline. On pourrait presque de nos jours même se rendre compte de l'effet produit par ces représentations en assistant à la Passion faite à Monaco : une de ces fêtes y a lieu chaque année. Plus tard les décors qui méritent ce nom furent dressés à l'occasion des entrées de roi. Froissart en cite un des plus anciens, et nous explique qu'on éleva pour l'entrée d'Isabeau de Bavière un castel de bois si grand, qu'on avait pu placer un homme d'armes à chaque créneau. L'historien valenciennois, après bien des détails, dit que la chose était « ouvrée » ; mais si c'était un tableau, ce n'était pas un cadre à quelque sujet rendu vivant par une succession de faits ; c'était, pour ainsi dire , l'hommage d'un tour de force dans le genre de nos arcs de triomphe ; et toutes les cavalcades soigneusement relatées, et à la mise en mouvement desquelles on songeait des années d'avance, ne peuvent être mises en regard des dispositions scéniques de notre théâtre.

Pour me résumer, avant de parler d'un théâtre établi avec autorisation et règlement, j'ai donc présenté le mystère sortant de l'église, après avoir été produit par la prose en plain-chant; plus tard, joué sur les parvis, et devenu enfin un divertissement très-goûté du public. Une façon de théâtre forain que le XIVe siècle avait vu naître à Saint-Maur attirait tant de monde avec des miracles et des mystères de la Passion, sur lesquels nous manquent les moindres renseignements, que, par mesure de prudence, le prévôt de Paris le fit fermer le 3 juin 1398. Les acteurs s'adressèrent à Charles VI, qui, voulant juger le fait *de visu*, les autorisa, quatre ans après, à s'installer dans une salle de l'hôpital de la Trinité. Les lettres patentes du roi permettaient à des bourgeois de suppléer au théâtre de Saint-Maur, de s'ériger en confrérie, et, avec la sauvegarde d'un privilége, de jouer des mystères comme par le passé.

Le premier théâtre de Paris était établi.

Lettres par lesquelles le roy Charles VI permet les jeux des Confrères de la Passion.

1402. — 4 décembre.

Charles, par la grâce de Dieu roy de France, sçavoir faisons à tous présents et à venir nous avoir reçeu l'humble supplication de nos bien amez et confrères les maîtres et gouverneurs de la Confrérie de la Passion, etc., etc., etc., donnons et octroyons de grâce espécial, plaine puissance et auctorité royale, ceste fois pour toutes et à tousjours perpétuellement, par la teneur de ces présentes lettres, authorité, congé et licence de faire et jouer quelque mystère que ce soit..... soit de-

vant nous ou ailleurs, tant en recors comme autrement, ainsi et par la manière que dit est, puissent aller, venir, passer et repasser paisiblement,
vestus, habillez et ordonnez un chacun d'eux en
tel estat que le cas le désire et comme il appartient, selon l'ordonnance dudict mystère, sans
destourbier et sans empeschement..... Et pour
que ce soit chose ferme et establie à tousjours, nous
avons faict mettre nostre scel à ces lettres, sauf en
autres choses nostre droict, et l'autruy en toutes.

Ce fut faict en nostre hostel lez Saint-Paul au
mois de décembre l'an de grâce MCCCCII et de
nostre règne le XXIII. ·

« Lesdites lettres furent confirmées par autres
du roy Henry II (juillet 1554) en faveur des mystères représentés en la salle de la Passion, dite
l'hostel de Bourgogne, ou ailleurs. Aussi confirmées par autres lettres du roy François II du
moys de mars 1559, publiées au Chastelet le 7 septembre 1560. »

CHAPITRE III.

LE THÉATRE AU XVIe SIÈCLE.

PLUS de quatre siècles s'écoulèrent, pendant lesquels l'ignorance et la grossièreté se partagèrent les tréteaux. Ces jeux, dans lesquels on cherchait à captiver l'attention du public par quelque moyen que ce fût, restreints à leur apparition, s'agrandirent et se multiplièrent : les confréries s'étaient primitivement mises en spectacle, moins pour le plaisir des spectateurs que pour satisfaire leur goût d'ostentation, de propagande, et surtout d'omnipotence, mais elles se virent bientôt forcées de faire concessions sur concessions aux passions du peuple pour le retenir. C'est dans le courant du XVe siècle que ce mouvement se produit, à partir de l'établissement du premier théâtre de Paris à l'hospice de la Trinité, en 1402.

En parcourant les ouvrages enfantés dans la période de temps qui suit, on reste frappé de stupeur, si l'on note les détails de lubricité qu'éveillèrent les complications apportées au plan unique et singulièrement nu et simple des premiers mystères. Ainsi, à l'origine, on constate l'absence complète d'intérêt : une trame naïve, où devait se complaire l'esprit d'ignorance, par cela même qu'elle n'exigeait aucun effort de l'entendement; puis, dans les incidents qui surviennent, ornements trop souvent infâmes d'une action plate, s'étale le langage des sens, le seul qui puisse rompre la monotonie et empêcher l'attention des auditeurs de s'endormir. Est-il nécessaire de refaire ici ce qu'ont déjà fait plusieurs auteurs, de désigner les licences du mystère de la Conception, les obscénités du mystère de la Passion, ou les tableaux peu voilés du Mariage d'Adam de la Halle ? Non; peu à peu l'exaltation du dévergondage éclate, et c'est dans le tout des œuvres que l'on porte ses arrêts. De familièrement naïfs, les auteurs deviennent d'un sans gêne écœurant ; ils appliquent successivement aux personnages les plus sacrés des épithètes et des apostrophes où se heurtent les locutions les plus basses. On produit sur l'*échaffaud* les actions les plus secrètes, ou on les exagère encore aux yeux d'un public émerillonné en les faisant commettre dans un coin, derrière un petit voile. Le succès est là, dans les « impudicités commises dans les plus mauvais lieux ». Puis tout s'accentue dans ce défilé échevelé, et l'imagination amasse les aventures d'Ammon avec Thamar, les conversations de prostituées, les dialogues bourrés de l'indécence la plus triviale, où Michel, l'auteur applaudi du temps, ne se lasse pas d'appuyer. Je renvoie ceux qui doutent de l'infamie graveleuse du théâtre pendant un certain temps à toutes les pièces qui ont imité le mystère de saint Christophe, deuxième journée (auteur : Chevalet) ; celui du Viel Testament ; la Calendria, etc.

Les registres du Parlement nous parlent assez de ce mystère du Viel Testament, qui,

joué en 1542, donna carrière à bien des discussions. Les acteurs s'y livrèrent à des
charges qui dégénérèrent en « poses lascives
et ridicules ». Aussi, quand on s'apprêta à en
donner une nouvelle représentation, au mois
de novembre, le procureur général s'y opposa,
parce qu'en entremêlant des mômeries à leur
jeu, les confrères étaient cause « d'adultères et
fornications infinies, scandales, dérisions et
mocqueries », et il ajoute judicieusement :
« Tant les entrepreneurs que les joueurs sont
gens ignares, artisans mécaniques, ne sachant
ni A ni B, qui oncques ne furent instruictz
ne exercez en théâtres et lieux publics à faire
tels actes...., tellement qu'au lieu de tourner
à édification, leur jeu tourne à scandale et à
dérision. » La Cour, le 27 juillet, interdit le
mystère, dont le succès devenait colossal ;
mais le roi, qu'on reconnaît bien à ce fait,
l'autorisa derechef par lettres patentes (1),

(1) Ces lettres patentes donnèrent lieu au règlement
suivant :

1542. *Règlement pour les pièces de théâtre.*

Du vendredi xxvii janvier. Veûës par la court les

et Antoine de Vendôme put y assister dans un local qu'occupèrent peu de temps Charles Royer et consorts, ministres et entrepreneurs du jeu et mystère de l'Ancien Testament. Ce local était situé à l'hostel de Flandres, entre les rues Plâtrière, Coq-Héron et des Vieux-Augustins. Cependant le réquisitoire que j'ai cité eut gain de cause en 1543 ; la vente et la démolition des hostels de Flandres, d'Arras et d'Estampes nécessitèrent l'expulsion des confrères. Cette rigueur n'a rien qui étonne.

lettres patentes du roy données à Eschon le 18e jour du mois de décembre dernier passé, à icelle court adressantes, par lesquelles pour les causes y contenues il déclare, veut et luy plaist que Charles le Royer et ses consorts, maîtres entrepreneurs du jeu et mistère de l'Ancien Testament, puissent et leur loise, suivant autres ses lettres de permission auparavant à eux données et octroyées, faire jouer et représenter en l'année prochaine ledict jeu et mistère dudict Ancien Testament, bien, deûêment et ainsi qu'il est requis, pour le regard du bien qui peut advenir de la représentation dudict mistère, et sans y commettre aucune fraude, fautes ne abus, soit pour interposer aucunes choses prophanes et lascives, etc..., la cour... a permis et permet audict le Royer et consorts et impétrans d'icelles, faire jouer et représenter en l'année prochaine ledict jeu et mistère...., et à la charge que pour l'entrée au théâtre ils ne prendront ou exigeront que deux sols tournois pour chaque personne,

En 1516, on avait déjà sévi en frappant les bazochiens, dont une ordonnance en bonne forme avait réprimé les propos trop libres sur les personnes de la Cour ; et, vingt ans après, sur « quelques personnes que ce soit, sous peine de prison et de bannissement. » Enfin, en 1538, on somma les comédiens d'avoir à remettre leurs pièces à la Cour quinze jours avant la représentation, et de passer sous silence les phrases rayées, « sous peine de prison et de punition corporelle ». Il ne s'agissait rien moins que de la hart si les bazochiens

et ne tireront pour le louage des loges estans à l'entour dudict théâtre, qui seront bien et deûëment faictes pour la seureté du peuple, que 30 escus pour le plus de chacune d'icelles loges durant ledict mistère... Et seront iceux entrepreneurs dudict jeu et mistère tenus faire commencer ledict jeu et représentation incontinent à une heure après midy, et icelle continuer jusques à cinq heures et sans intervalles .. Et néantmoings, pour l'intérest des pauvres au moyen de la distraction du peuple du service divin et diminution des aumosnes, ordonne ladicte cour que ledict le Royer et ses autres consorts, entrepreneurs dudict mistère, seront tenus de bailler et mettre ez mains du trésorier desdicts pauvres de cette ville de Paris la somme de mille livres tournois... et sauf à ordonner par ladicte cour par cy-après de plus grande somme envers lesdicts pauvres ou autrement, ainsi qu'il appartiendra ou verra estre à faire que de raison.

enfreignaient ces arrêts, et c'est sous ces coups répétés que devait s'éteindre et disparaître l'esprit des Enfants sans Souci.

Les paroles audacieuses, qui n'offensaient pas que la morale, furent cause de l'établissement de la censure, on le voit. Mais déjà, dans le Nord, où l'on était fort partisan des représentations des mystères, à ce que nous apprend Hécart dans ses *Recherches sur le théâtre de Valenciennes*, « les originalz furent reveuz par sçavants docteurs en théologie commis à ce faire par Monseigneur révérendissime Robert de Croy, évesque et duc de Cambray. » C'est un peu aussi à l'abus du comique, devenu général quand on fut lassé des spectacles longs et ennuyeux, qu'on dut la licence; celle-ci avait engendré une grossière obscénité que de nombreux conciles réprouvèrent en province, et dont s'émut l'autorité de Paris.

Une révolution presque complète semble donc s'être faite sans avoir été remarquée : les costumes et l'appareil, qui firent d'abord le prestige des mystères à l'état de tableaux muets, de processions, d'offices sacrés, etc., laissèrent place libre au seul dialogue un peu plus tard. C'est ainsi qu'en possession d'un local, la Confrérie de la Passion ne songea pas à l'orner somptueusement : le théâtre de la Trinité, le premier théâtre de Paris, fut installé dans la grande salle de l'hospice de ce nom ; et où l'on recevait malades et étrangers sans asile, pèlerins et voyageurs, auxquels l'heure tardive (1) ne permettait pas d'entrer dans la ville, on éleva un échafaud de trois à quatre pieds. La salle, à arcades, n'avait en long que vingt et une toises et demie, et en large que six toises. Il n'y avait pas de rideau pour dissimuler l'échafaud aux spectateurs ; il n'y avait pas de coulisses. L'action se déroulait dans une série de cases dont deux étaient invariablement construites dans chaque pièce : le paradis ou dans le fond surélevé ou à droite, et l'enfer sur le devant ou à gauche. Dans le paradis, Jésus-Christ res-

(1) On fermait les portes de Paris de fort bonne heure à cette époque, et l'hospice de la Trinité était situé hors de l'enceinte, à la porte Saint-Denis.

plendissait avec un énorme morceau de carton doré derrière la tête ; l'enfer était quelquefois muni d'une entrée superbe qui devait rappeler vaguement la gueule d'un dragon. Quant aux autres cases, il fallait les prendre tant bien que mal pour la maison de Joseph, pour celle de Caïphe, voire même pour l'Océan, si tel était le bon plaisir de l'auteur. Assez souvent on réservait un coin où se faisaient les choses les plus *naturelles*. J'ai dit qu'il n'y avait pas de coulisses ; elles étaient inutiles, aucun acteur ne quittant la scène ; le public était prié de croire absent tout personnage qui s'asseyait.

C'était fort commode ; mais où cela cessait d'être simple, c'est quand, par exemple, la Vierge avait trois ans au commencement de la pièce : on était obligé d'introduire successivement une petite Marie, une moyenne Marie, et enfin une grande Marie. De tous ces interprètes le dernier seul comptait, et les autres devaient être considérés comme nuls et non avenus.

Ces détails n'avaient pas d'importance alors, et les mystères attiraient parfois beaucoup d'étrangers dans les lieux où on les représentait; à ce point qu'au mystère de la Pentecôte (1535) on craignit trois mois avant la fête le manque de vivres, et les loueurs de maisons élevèrent les loyers. La barre (les octrois) s'émouvait même en ce qui concerne l'entrée des denrées. Je trouve plusieurs arrêtés dans les registres de cette année 1535, où le conseil délibère sur les consultations du Parlement, pour savoir si les Grenoblois se résigneront à n'exiger des Romanais qu'un simple droit d'entrée, dans le but de favoriser la représentation du mystère de la Pentecôte, en facilitant l'importation des vivres. L'affluence de monde est notoire, surtout au mystère de la Pentecôte. A Valenciennes, quand on joua (1547) la Vie, Mort et Passion de Jésus-Christ (1), dont la représentation dura vingt-cinq jours, il est vrai, on fit une recette de 4,680 livres : chiffre énorme, car on ne touchait qu'un liard par personne !

Ce fut en 1540 que l'hospice servant d'asile

---

(1) Doultreman nous dit que ce mystère a été imprimé à Paris (*Histoire de Valenciennes*).

à la confrérie des mystères redevint hôpital ; la salle où l'on avait dressé l'échafaud fut rendue à sa destination : elle appartint aux Orphelins, et, pendant trois ans, les confrères demeurèrent à l'hostel de Flandres. Quand on démolit cet hôtel, par ordre de François Ier, les confrères, auxquels le monopole avait donné un beau bénéfice, achetèrent une petite masure (1) de dix-sept toises de long sur seize de large, attenant à l'hostel de Bourgogne, et ce moyennant 16 livres de cens et rentes annuels au roi et 225 livres de rente perpétuelle à J. Rouvet, le propriétaire (30 avril 1548). Le besoin de représentations scéniques, auxquelles on s'était insensiblement accoutumé, motiva un arrêt du Parlement constatant l'établissement du nouveau théâtre dès le 17 novembre (2) ; mais la liberté de langage et de

(1) En 1800 on voyait encore, sur la porte de cette maison, les instruments de la passion.

(2) Du samedi 17 novembre 1548. Vu par la Cour la requête à elle présentée de la part des doyen, maîtres et confrères de la confrérie de la Passion et de la Résurrection de N. S. Jésus-Christ, fondée en l'église de la Trinité, grande rue Saint-Denis, par laquelle, attendu que

gestes que s'étaient arrogée les *poix pilés*, sorte de farces plus libres que burlesques, nécessita un arrêt d'interdiction. La Cour « inhibe et défend... de jouer le mystère de la Passion de N. S. ne autres mystères sacrés... leur permettant néanmoins de jouer autres mystères prophanes... sans offenser ni injurier autres personnes, etc. » De là devait dater la décadence du théâtre de la Passion, et Saint-Amant l'avait compris ainsi quand il écrivait :

> Adieu, bel hostel de Bourgongne,
> Où d'une joviale trongne
> Gaultier, Guillaume et Turlupin,
> Font la figue au plaisant Scapin ;
> Où, dis-je, mes petits confrères
> Estalent leurs bourrus mystères.
>
> (*Le Poëte crotté.*)

Gaultier, Guillaume et Turlupin étaient un trio de célèbres farceurs. Ce fut à eux qu'on

par tems immémorial et par priviléges octroyés et confirmés par les rois de France, il leur était loisible de faire jouer et représenter plusieurs beaux mystères, à l'édification et joye du commun populaire..... ils requéroient d'autant que depuis trois ans la salle de la Passion avoit été, par l'ordonnance de ladite Cour, prise, occupée et employée à l'hébergement des pauvres, et que depuis lesdits supplians avoient recouvert salle pour y coneut recours un moment pour réveiller la vogue des confrères. Ils jouaient dans une espèce de baraque enfumée, le théâtre de l'Estrapade, où, pour 2 sous et 6 deniers, on allait rire tout son soûl de leurs quolibets. On transfusa le succès de leur gaieté, et l'opération réussit ; mais ils étaient inséparables, et quand mourut Guillaume, dit Lafleur, si ventru qu'il se mettait deux ceintures et qu'on eût juré voir un tonneau avec deux cercles, les deux autres moururent de douleur.

Adieu, bel hostel de Bourgongne ! adieu la farce où Jean Serre acquit tant de célébrité « qu'on n'estoit pas moins gay ni aise qu'on est aux Champs Élyséens » quand il entrait tout enfariné avec sa chemise horriblement malpropre ; où Jean Alais faisait merveille,

---

tinuer, suivant lesdits priviléges, la représentation desdits mystères, du profit desquels étoit entretenu le service divin dans la chapelle de ladite confrérie ; qu'il leur fût permis faire jouer, dans ladite salle nouvelle, ainsi qu'ils avoient accoutumé faire dans celle de la Passion, et défenses fussent faictes à tous dorénavant, tant en ladite ville que fauxbourgs et banlieue de cette ville, sinon que ce soit sous le titre de ladite confrérie et au profit d'icelle.

5.

cet Alais plein d'une arrogance qu'on pardonnait facilement aux acteurs à cette époque.

Alais battait un jour du tambour près de Saint-Eustache pour annoncer son jeu. Le curé prêchait, et, assourdi, il éleva la voix. Alais fit résonner plus fort son tambour. Outré de ce manége, le curé s'élança hors de l'église : « Qui t'a permis de tambouriner si fort quand je prêche ? » dit-il à l'acteur, qui riposta : « Qui t'a permis de prêcher si fort quand je tambourine ? » Le curé, emporté par la colère, s'avance et crève le tambour. Alais le coiffe aussitôt de sa caisse effondrée, et, poussant le prêtre dans l'église, soulève les éclats de rire de tout l'auditoire.

On commençait bien à s'éloigner du sévère et austère essai dramatique bourré de plainchant : le besoin de lumière et d'intelligence jetait là le rire, et le rayon perçait les ténèbres, qu'il déchirait sans les dissiper. Mais patience ! trente ans encore, et tout doit changer.

C'est dans la salle de l'hôtel de Bourgogne que l'on construisit les deux premières loges grillées. Nous avons vu qu'on acquérait le droit aux représentations moyennant 2 sols par personne; les loges coûtaient 30 écus; ce prix exorbitant était fixé pour éloigner les spectateurs de ces endroits réservés aux confrères, qui commençaient à devenir spectateurs dans leur propre théâtre. Les excès de langage étaient arrivés à ce point que les confrères ne pouvaient plus paraître sur les tréteaux et qu'ils se faisaient suppléer par une troupe d'acteurs. Ces acteurs, presque inconnus, devaient former le noyau des excellents comédiens que nous retrouvons dans une querelle demeurée célèbre, non tant par son importance propre que par ses résultats. Le plus important de ces résultats fut la cessation d'un privilége arbitraire qui maintint longtemps le théâtre dans la barbarie.

Le milieu du XVIᵉ siècle marque bien le dégagement du théâtre, en ce sens qu'il fait cesser la solidarité qu'il y avait entre l'autel et les tréteaux. L'heure des spectacles est retardée, et les registres du Parlement, qu'il est toujours bon de consulter, nous révèlent cette clause significative : « A cause que le peuple sera distrait du service divin et que cela diminuera les aumônes, ils bailleront (les ordonnateurs du théâtre) aux pauvres la somme de 10,000 livres tournois, sauf à ordonner plus grande somme. » Mais ce qui devait saper l'autocratie des entrepreneurs de la Passion, c'était la licence ; introduite dans les mystères, on ne pouvait l'extirper.

Malgré l'arrêt du Parlement, on redevint libre sur la scène à ce point que dans des remontrances à Henri III (1) on appelle le Théâtre des Français cloaque et maison de Sathan, où « se donnent mille assignations scandaleuses au préjudice de l'honnêteté et pudicité des femmes ». L'auteur ajoute que sur l'échafaud « on représente des prêtres revêtus du surplis, même aux farces impudiques, pour faire mariage de risées. L'on y lit le texte de l'Évangile en chants ecclésiastiques pour, par occasion, y rencontrer un mot à plaisir qui sert au jeu ; et, au surplus, il n'y

____

(1) Composées, en 1588, sur les désordres du royaume.

a farce qui ne soit orde, sale et vilaine au scandale de la jeunesse qui y assiste. »

Ce que l'on reprochait là aux spectacles du commun était chose admise, reçue et approuvée pour la Cour : il y avait bien partage de la société, mais non diversité de mœurs; la dissolution se trouvait au haut et au bas de l'échelle. Et quoique les vices des uns ne remédient en rien aux vices des autres, nous ne pouvons nous dispenser de dire quelques mots du théâtre des courtisans.

Il est curieux de signaler les délimitations des droits de chacun et de voir avec quelle superbe arrogance les seigneurs marquaient les nuances de classes. C'est avec un sans gêne très-fin, une insolence exquise, que les nobles n'entendaient point être confondus avec la roture! Ils pénétraient dans le détail des puérilités si avant, qu'on a pu un temps s'interroger pour fixer l'immense distance des us de ceux-ci aux coutumes de ceux-là. Erreur manifeste! et, puisque les petits côtés du théâtre ont leur place marquée, je vais rappeler ici une barrière que le tact de la gentilhommerie ne craignait pas de dresser entre tels et tels.

Les registres du Parlement (XVIe siècle) consignent bon nombre de plaintes dans lesquelles on priait le roi d'interdire certaines étoffes et certaines parures à des individus dont on voulait distinguer le rang à première vue. Les ornements, qu'on ne laissait qu'à regret porter soit par les acteurs qui se produisaient sur les tréteaux, soit même par les bourgeois, constituaient un droit pour toute une catégorie de gens en place. Ceux-ci étaient jaloux (1) de les voir portés dans une basse condition, et l'on retrouve là quelque chose d'enfantin dans cette société raffinée et corrompue. On sait quels rois furent François Ier, Henri II et Charles IX ; on sait qu'Henri III les surpassa, sinon en cosmétiques et en fards, en coiffures et en habits, alors qu'il décou-

____

(1) Pour embrasser l'importance qu'attachaient les grands au luxe de leurs vêtements, faut-il citer la dépense de 60,000 livres consacrées à se vêtir de soie verte par les convives du souper du roi à Plessis-lez-Tours (et le journal de l'Estoile nous initie à ce secret que les convives étaient à moitié nus !).

vrait sa gorge coquettement parée de perles, du moins en impudence. Aussi, tout en passant sous silence les débauches du temps, les festins du château de Plessis-lez-Tours, les fêtes de Catherine à Chenonceaux, et les scènes de luxure qui avaient lieu dans les parcs royaux l'été, je mentionnerai une de ces pièces de théâtre dont les mignons et l'entourage royal avaient la primeur : je veux parler du *Paradis de l'Amour*, joué dans la salle de l'hôtel de Bourbon, et dont Brantôme donne des détails dans son ouvrage de *l'Amour des Filles* (dis. 4, art. 2, t. III, p. 303). D'Aubigné, le grand-père de Mme de Maintenon, nous fait connaître bien d'autres turpitudes, ainsi que le journal de Henri III, et jusqu'à l'ouvrage de Thomas Artus (1605).

Il est certain que le mouvement se communiqua aux basses classes, et les « devis impudiques » que l'on blâme Henri III de laisser débiter devant la salle basse (le parterre) de l'hôtel de Bourgogne sont du même esprit.

Les comédiens étrangers ont dû les premiers, je crois, élargir le cercle des idées à la Cour : je ne parle pas ici des Gelosi, que Henri III fit venir à grands frais de Venise. Ceux-ci s'installèrent près du Louvre, à l'hôtel de Bourbon, dont je parlais tout à l'heure ; ils ouvrirent leur salle le dimanche 19 mai 1577, et, bien qu'ils aient annoncé qu'ils prendraient 4 sols par personne, l'affluence des spectateurs fit dire à l'Estoile que les « quatre meilleurs prédicateurs de Paris n'en avaient tous ensemble autant quand ils prêchaient. » Je ne parle pas de ces Italiens qui n'enseignaient aussi que paillardises (*Journal de Henri III*, 26 juin 1577), et dont on fit fermer le théâtre un mois et demi après leur arrivée.

Cependant le goût public s'éveillait et l'esprit de la foule se portait plus attentivement sur les représentations scéniques. Le privilége des doyens et maîtres de la Passion arrêtait bien encore l'essor de toute tentative en faisant supprimer le théâtre de Clugni, monté rapidement rue des Mathurins, à l'hôtel de l'abbé de Clugni (1); mais Léon X, en Italie, soutenait la littérature et aidait les premiers pas de la tragédie. L'émulation gagna Lyon; le flot d'œuvres plus solides et présentant une certaine résistance venait du Midi et gagnait Paris, où Jodelle, le poëte boursouflé, présenta le premier des œuvres imitées des Grecs, et fit applaudir ses tragédies médiocres (1552). On conçoit aisément qu'après la *farce nouvelle et récréative du médecin qui fait le nez à l'enfant d'une femme grosse*, ou celle *d'une femme qui demande des arrérages à son mari*, ou encore la *moralité tressingulière des hommes qui font saller leurs femmes à cause qu'elles sont trop douces*, etc., la tragédie de *Sophonisbe*, de Saint-Gelais, fit événement, et que les tragédies de *Cléopâtre*, de *Didon*, etc., furent jouées avec un vrai succès au théâtre de l'hôtel de Reims et au collége de Boncour, bien que j'aie lu de Jodelle, auteur de ces

(1) C'est le sixième théâtre de Paris. (Consulter notre tableau. Le procureur général veillait, du reste, aux intérêts de la confrérie, car, outre la suppression de cette troupe concurrente (1584), il fit défense d'entreprendre un jeu, « sous peine de mille escus d'amende ».

dernières pièces : « Estienne Jodelle, poëte passable ; il brilla plus par ses déréglements que par son esprit. Ses poésies sont regardées aujourd'hui comme des antiquailles de la langue française, mais de ces antiquailles qui ne sont pas recherchées (1). » — L'impulsion était donnée, et en 1560 on jouait la *Soltane*, de G. Bounyn ; la *Médée*, de J. de la Péruse, suivit, et on ne tarda pas à applaudir Grévin ; Robert Garnier, auteur de *Bradamante*(1580); Alexandre Hardy (2), qui confectionna plus de six cents pièces, et dont la *Marianne* fut souvent réimprimée ; et P. Larivey, qui le premier fit des comédies de son invention.

Tout ce bagage dramatique fut soumis au public dans la salle de l'hôtel de Bourgogne, où Rotrou et Corneille devaient être produits le siècle suivant. Nous n'irons pas plus loin au XVIe siècle dans la nomenclature touffue de pièces vite oubliées. Les auteurs commen-

(1) Notes historiques de l'édition de 1744 du *Journal de Henry III*, t. I, p. 83.

(2) Chose inconnue jusqu'alors, Hardy toucha des droits d'auteur ; cela ne l'empêcha pas de passer sa vie dans la gêne.

çaient à pulluler ; et M. A. de Beauchamps,
qui dans ses précieuses recherches arrive à
citer onze noms d'auteurs dramatiques au
XVe siècle, en cite cent cinquante dans le
XVIe siècle, et trois cent quarante et un dans
le XVIIe. C'est alors que pour faire connaître
un plus grand nombre de pièces les comé-
diens français se divisèrent, et qu'une partie
de la troupe s'installa rue de la Poterie (1600).
Cette nouvelle salle de spectacle, installée à
l'hôtel d'Argent, fut forcée pendant un temps
de cesser ses représentations faute de spectateurs ; mais elle les reprit avec succès quand
la *Mélite* de Corneille put alimenter deux
scènes à la fois.

Si, après avoir embrassé d'un coup d'œil le
théâtre au XVIe siècle, nous nous demandons
quel progrès résulte du temps écoulé, nous
n'en trouverons peut-être pas de bien sail-
lant ; mais, en réfléchissant, j'aperçois une
transition nettement dessinée. Après les sotties et les mystères, le goût du public adopte
un autre ordre d'idées ; ce qui lui plaisait na-
guère le fatigue et l'ennuie à présent, et jus-

que dans la corruption il veut un peu de délicatesse. L'*Eugène* de Jodelle sera pour le commun ce qu'était pour la Cour le *Paradis de l'Amour*, que nous avons cité. La farce s'efface devant la comédie et le mystère devant la tragédie. *L'Avocat Pathelin* (1480), qui sera remanié par l'abbé Brueys (1720), n'est déjà plus dans les règles du jour. Ce fut déjà un grand pas d'ailleurs que de supprimer sur les tréteaux les hordes de bateleurs qui étaient chargés d'égayer le parterre par leurs extravagances. A la période de temps où nous arrivons, la mise en scène semble régénérée, et sa simplicité n'est qu'un mieux progressif manifeste. Les cases où la fantaisie confinait l'enfer, le paradis, la terre et... ses dépendances, les trous où s'effondraient les bandes de démons et les méchants, les marmites où le soufre se consumait au grand plaisir du nerf olfactif des spectateurs, le contrepoids qui servait à enlever en l'air et à l'y maintenir le Christ ou quelque autre juste, tout cela disparaît : la scène, balayée pour ainsi dire, reste vide, et une toile de fond qui se déroule au moyen d'un cordage indique seule le lieu où doit se transporter le public.

A l'origine, la plus grosse dépense était le compte du charpentier; P. Gringore payait à Marchand de 50 à 100 livres pour être défrayé de tout dans une représentation; et l'on parla beaucoup d'une gratification de 60 livres données aux bazochiens qui avaient représenté un mystère pour fêter l'entrée de François Ier. Puis le luxe et le train des réjouissances publiques se répandirent, et pour jouer le *Mystère des Apôtres* (16 décembre 1540) les archers du prévôt de Paris mirent leurs hoquetons paillés d'argent; les bourgeois s'affublèrent de robes étincelantes de navires d'argent brodé; il y eut des hommes avec des sayes de velours et de satin multicolore; les entrepreneurs avaient des chamarres de taffetas armoysi et des pourpoints de velours, etc., etc.

Enfin la simplicité revint quand la scène fut une vraie scène : les chefs-d'œuvre n'ont pas besoin d'accessoires éclatants, ils brillent par eux-mêmes; c'était une chose que l'on

commençait à comprendre. On avait molle-
ment, sans volonté et sans conviction, des-
cendu une pente que l'on allait remonter bra-
vement avec un souffle d'émulation, et sous
l'inspiration de génies puissants, capables de
déplacer la montagne si la déclivité était trop
rude à gravir.

CHAPITRE IV.

ŒUVRES ET AUTEURS.

§ 1. *Ancien théâtre.*

C'EST une chose très-difficile que de parler des œuvres et des auteurs qui se sont succédé au théâtre depuis les mystères et les miracles anonymes jusqu'aux pièces plus régulières de la fin du XVIe siècle et du XVIIe siècle. En effet, analyser, critiquer d'abord un galimatias incohérent, ensuite une poétique à son enfance, entraîne en général à devenir systématique, soit qu'avec un jugement un peu éclairé on se place au point de vue des temps que l'on étudie, et alors que de fautes commises à une distance de plusieurs siècles! soit qu'on établisse des termes de comparaison avec le présent, et alors quelle source d'erreurs! Cependant il y a une telle dissemblance entre les mystères et les tragédies de Jodelle, il y a une telle différence dans les mystères entre eux et dans les tragédies entre elles, qu'il ne faut pas reculer devant une difficulté et négliger de s'arrêter un instant aux auteurs de tout rang qui ont occupé le théâtre depuis son origine.

Et tout devient curieux à étudier dans ces esprits que la scène illustre à tour de rôle, depuis la grossièreté de ceux qui, charmés par la vie de Jésus remaniée, arrangée, représentée sous toutes ses faces, ne se lassaient pas d'en admirer les détails, jusqu'à l'étonnement produit par *Cléopâtre*, « chose très-belle et très-rare », dit Pasquier, et pour laquelle Henri II accorda 500 écus de son épargne à l'auteur. Mais, comme je ne veux point refaire en réduction le très-curieux ouvrage des frères Parfaict, j'engage ceux qui ne les auraient pas lus à parcourir ces quinze volumes anonymes, où se trouve consigné avec soin un choix considérable de pièces dramatiques : tous les genres y sont entassés, découpés, même le genre ennuyeux, surtout le genre ennuyeux, car, dans l'impossibilité de réimprimer tout ce qui constitue le théâtre français, il a fallu se contenter d'extraits ordinairement froids. Il faut le reconnaître, c'est enlever le mouvement au drame, ôter la vie à l'action, que mettre en petits morceaux des œuvres qui n'intéressent déjà plus que par leur date. Je ne veux pas davantage copier le charmant esprit de critique de M. Suard et insister outre mesure sur les libertés de Jacques de la Taille, qui ampute les mots gênants, et avec une habileté indiscutable fait *recommanda* de *recommandation*, parce que le substantif entier a le double défaut d'être trop long et de ne pas rimer. Je ne taquinerai pas Hardy au sujet de ses épithètes : ses princesses peuvent appeler les seigneurs « mâtins » sans que je m'en fâche, et je ne rirai pas de « l'estomac d'une roche », du « fourneau du cœur » et de « l'égout de ses yeux », pour ne pas souligner dans nos auteurs le personnage fait avec le cou d'un cygne, la taille d'une guêpe, l'aile d'un corbeau, et de l'ivoire et du corail, sans omettre le paros, la nacre ou le corail, ce qui est très-relevé comme matière première, mais ce qui est détestable comme idée.

Je veux simplement dans ce chapitre jeter quelques points de repère fort utiles en un travail qui embrasse une importante période de temps, et mettre des noms capables de relier les faits dont nous nous occupons et de déterminer les époques auxquelles se rattachent ces faits. L'histoire ne doit pas agir autrement. J'essayerai de rendre cette nomenclature le moins aride possible.

Les plus anciens mystères, à quelques rares exceptions près, sont anonymes et sans date ; on a estimé que le nombre en est fort restreint et que les quantités de manuscrits ou de textes qui nous sont parvenus sont des copies, des plagiats dus à l'activité dévorante des curieux et même des imprimeurs en ces matières. Tous les jeux et miracles découlent d'une même action, distillant un profond ennui. A la lecture, le bibliophile qui a cédé à la curiosité doit s'écrier : « Eh quoi! c'est cela! » et le second mystère ajoute l'abattement à l'ennui. Qu'on lise le *Mystère du roi advenir* (1), *la Résurrection de Jésus-Christ*, par Éloi Constantin, ou les œuvres de Jean Michel, on éprouve des sentiments de tous points semblables. Péripéties sans intérêt, dialogue parfois obscur, parfois grossier au point de soulever le dégoût. Certaines représentations des pièces arrivées jusqu'à nous étaient de simples divertissements, dessert de quelque gala : telle fut *la Prise de Jérusalem* (Félibien Nangis, *Chronique de France*), que Charles V commanda à la fin d'un festin donné le jour des Rois (1373) en l'honneur de l'empereur des Romains, Charles IV.

Après les *Gestes de Jeanne*, reine de Naples, que fit (1383) le Limosin Ber de Parasols,

(1) En trois journées, par Jean de Prier, maréchal des logis de René, le bon roi de Sicile.

après *Li jou de si Vie*, par Geoffroy Munster (1420), nous arrivons à ce Jean Michel qui a soulevé d'étranges discussions à cause d'un homonyme Jehan Michel, d'Angers. Je dis qu'il eut un homonyme parce qu'il ne faut pas confondre Jean Michel, mort en 1447 (auteur du mystère de *la Passion de N. S. J. C.* par personnages, joué en 1420, mystère « orde et vilain »), avec cet autre dont Bouchet a fait l'épitaphe :

> Voi par après ce maistre Jehan Michel,
> Qui fut d'Agiers évesque et patron tel
> Qu'on le fict sainct, et fit par personnages
> La Passion et aultres *beaux* ouvrages.

Le premier Jehan Michel, très-éloquent et scientifique docteur, était médecin de Charles VIII ; et il remania si bien *la Passion* dans le goût de l'époque, que ce mystère devint un type et obtint un immense succès, balancé seulement par les *Actes des Apôtres*. Deux frères travaillèrent à ces *Actes* (1450) : le premier, Arnoul Gresban, qui mourut avant de les avoir achevés ; le second, Simon Gresban, duquel on représenta à Paris « le

triumphant mystère des *Apôtres* » (16 décembre
1540).

> Simon Gresbau, bon poëte estimé,
> Même en son temps prit peine de l'écrire, etc.
>
>> (PASQUIER, *Recherches*, liv. VII, ch. v, p. 700.)

Les Actes des Apôtres ont une introduction
de 1500 vers où est narrée la création, et un
prologue à la suite duquel Dieu fait le sacri-
fice de son fils pour racheter les hommes.
Lucifer rassemble ses diables, et dans quel
style ! un échantillon de deux vers parmi les
moins mauvais :

> Infâmes chiens ! qu'êtes-vous devenus ?
> Saillez tout nus, vieux, jeunes et charnus,
> Bossus, tortus....

Puis viennent confusément la stérilité
d'Anne, la nativité de la Vierge, Jésus, les
Apôtres, toujours dans ce style élevé qui a
fait dire à M. O. Leroy : « Athalie n'a rien
d'aussi tranché ! » (*Études*, 1837, pag. 168.)
Ici l'on voit se livrer aux charmes de la plai-
doirie « *pro domo sua* » la Paix, la Miséri-
corde, la Sapience et d'autres *dames* du même

monde ; et, ailleurs, un chanoine de Valenciennes, Jehan Molinet, né en cette ville,

> Mon moulinet moulant fleur et verdure,
> Dont le haut bruit jamais ne périra.
>
> (Jean le Maire.)

nous divertit avec l' « Histoire du Rond et Carré » et les Vigiles des Morts (1450) dont les personnages sont : *Creator omnium*, *Paucitas dierum*, etc.

Jusqu'à une certaine époque on alla au spectacle comme nous allons au *Stabat Mater*, selon les expressions de M. Suard ; et pourquoi s'étonner alors de ces scènes baroques et de ces personnifications absurdes dont on ne cherchait guère à saisir le langage, bien diminué cependant, de la gravité de leurs titres ? Les anomalies étranges que l'on a essayé de déchiffrer sont loin de contenir ce qu'on suppose, et les héros de Rabelais, par exemple, souffrent beaucoup de la torture à eux infligée par tous ceux qui les défigurent en prétendant leur arracher un masque imaginaire. On a voulu ouvrir des horizons dans ces époques, en les appelant époques de *sa-*

voir ; il est fâcheux que les faits ne répondent
pas aux brillantes théories et que les chercheurs impartiaux ne rencontrent que des erreurs monstrueuses comme celles du Mystère
de sainte Barbe : on trouve dans ce mystère
un Boccace nouveau qui est simplement un
théologien ascétique. Rien que cela. Il est
vrai que pour corroborer les sentiments aus-
tères qui règnent sans partage dans cette œuvre, l'observateur découvre un roi Dioscorus
donnant des amants à sa fille « pour l'empes-
cher de devenir chrestienne ». Que si ce
père vous étonne, je vous citerai un mystère
de Notre-Dame pris dans un grand nombre,
où un moine conseille à une jeune fille de se
faire entretenir, unique moyen de bien vivre.
« Trouver ne te faut que ung gros moyne, etc. »
Mais tout cela a rapport à la dépravation
d'une imagination faible qui préside à la conception des miracles et souligne les grossiè-
retés des païens jetées au Christ (mystère de
saint Denys). Aussi, pour ne point me perdre
dans les citations, je m'abstiens autant qu'il
est possible.

En arrivant à la fin du XVᵉ siècle, je dois rappeler que la farce de Patelin n'a été qu'imitée par Brueys (1715) et qu'elle remonte en réalité à 1490, année de la première édition. Il est vraisemblable que Pierre Blanchet, qui eut du renom vers 1480, a conçu le premier le personnage de Patelin.

Ici se placent les noms demeurés fameux de Gringore et de Pont Alais. Gringore, hérault d'armes de M. le duc de Lorraine, se rendit célèbre par quelques ballades satiriques et vint à Paris, où son esprit lui valut le titre de Mère (ou Maire) sotte, deuxième personne de la Principauté de la sottise. Encouragé par Louis XII, il écrivit son Jeu du Prince des Sotz, représenté aux Halles, le mardi gras 1511, ainsi qu'une moralité et une sottie à huit personnages (le Monde, Abus, Sot dissolu, Sot glorieux, etc.). C'est par ces trois pièces que Gringore se rattache au théâtre (1510). De Pont Alais, il ne reste rien : ses ouvrages ne furent pas imprimés. On sait qu'il joua dans les *Farces*, et c'est ainsi que nous l'avons présenté dans le chapitre précédent faisant le « Cry » d'une pièce où il devait paraître. Alais, chef et maistre des joueurs de moralités et farces de Paris, était bossu d'après cette anecdote. — Un jour, un cardinal bossu se promenait gravement et paraissait tout imbu de sa dignité. Jean Alais l'aperçoit, le rejoint, et, mettant sa bosse contre celle du prélat, s'écrie : « Allons, on ne dira plus désormais que deux montagnes ne peuvent pas se rencontrer aussi bien que deux hommes. Le proverbe a menti ! »

Nous sommes au terme de la période du théâtre ancien. Est-il besoin de mentionner le mystère de saint Christophe

Tout fait par maître Chevalet,

ou quelques traductions de Térence qui n'ont jamais été jouées? Non, l'heure du dernier mystère a sonné, et c'est justement le milieu du XVIe siècle (1548) qui marque le terme de ce fatras incolore dont un public aussi peu scrupuleux pour la délicatesse que pour sa propre dignité s'est amusé pendant quatre cents ans. Ce qui a constitué le théâ-

tre a dû nécessairement contribuer à le dé-
truire; je n'entends pas ici signaler la plati-
tude des premiers jeux : elle continuera à se
produire sur la scène pendant un laps de
temps trop long; mais je parle du joug terrible imposé par l'Église, qui avait trouvé un
divertissement susceptible de ne briser qu'autant qu'elle le voudrait bien les chaînes de
l'ignorance et de la barbarie.

§ 2. *Après Jodelle.*

C'est à Jodelle qu'il faut faire remonter
l'origine du théâtre classique. Les commencements furent ardus : le monopole et les
priviléges entravaient l'essor de toute nouvelle entreprise; et, pour se faire connaître,
les jeunes auteurs étaient obligés d'élever
des théâtres de société, de former une troupe
avec quelques amis, et d'apprendre eux-
mêmes un des rôles de leurs pièces. Cette
perspective était bien faite pour décourager
les novateurs, et un homme convaincu, un
homme d'une valeur et d'un mérite particu-

liers, pouvait seul l'affronter. Jodelle fut cet homme. Avec une certaine connaissance de la langue latine et des auteurs grecs, il prit le parti de suivre les anciens, de les avoir pour modèles.

> Et lors Jodelle heureusement sonna
> D'une voix humble et d'une voix hardie,
> La comédie avec la tragédie.
>
> (RONSARD.)

Après bien des efforts, la tentative fut couronnée de succès par la représentation de *Cléopâtre captive*, tragédie en cinq actes jouée à l'Hostel de Rheims (1552). Cette pièce, qui nous paraît si faible aujourd'hui, fut bruyamment applaudie et l'auteur porté aux nues.

> Un ciel avait mis en Jodelle
> Un esprit tout autre qu'humain.

Le demi - dieu s'affranchissait avec un aplomb fort olympique des règles les plus ordinaires : il n'y a pas un acte régulier dans cette Cléopâtre tant vantée ; le premier acte est en alexandrins féminins ; dans le second il y a bien des rimes masculines, mais sans alterner. Quant au troisième, au quatrième et au cinquième acte, les vers sont de dix et de douze syllabes, cette fois à rimes croisées.

A Cléopâtre succéda *Eugène*, comédie en cinq actes et en vers de huit syllabes, dont le succès fut moindre ; la vogue diminua encore pour *Didon*, tragédie, et me semble s'être éteinte tout à fait pour les œuvres qui suivirent.

Les interprètes de la première œuvre de Jodelle furent Jean de la Péruse et R. Belleau, tous deux auteurs. Jodelle, fort beau garçon, bien pris et possédant un organe charmant, joua le rôle de Cléopâtre : j'ai eu occasion de dire qu'il n'y avait pas encore d'actrices au théâtre. — Ce Jean de la Péruse fit une tragédie, *Médée* (1559), ou plutôt une traduction de la Médée de Sénèque ; et de Remy Belleau, poëte aimable, appelé par Ronsard le peintre de la nature, a surnagé une comédie en vers de quatre pieds, assez bien conduite, intitulée *la Reconnue* (1584).

Je m'arrête peu à ces auteurs, mais c'est

pour rendre mieux justice à Jacques Grévin,
dont on ne dit nulle part assez de bien. Les
œuvres de ce dernier portent leur enseigne-
ment ; ses tragédies ont généralement de
belles pensées et renferment parfois des vers
frappés au bon coin. Dans *la Mort de César*
(jouée en 1560), Brutus a une certaine fierté
de langage qui mérite des éloges.

> Quand on dira : César fut maître de l'Empire,
> Qu'on dise quant et quant Brute le sut occire.
> Quand on dira : César fut premier empereur,
> Qu'on dise quant et quant Brute en fut le vengeur.

Cette répétition produit beaucoup d'effet.
Si je ne m'étais interdit toute longueur en ce
passage, je placerais ici le petit tableau tout
à fait engageant que nous fait Calpurnie de
la vie modeste et de l'homme simple dont
elle dit :

> Il n'est craint de personne et personne il ne doute.
> Il voit les grands seigneurs, et, contemplant de loin,
> Il rit leur convoitise, et leurs maux, et leur soin.

La place qu'occupe Grévin dans l'esprit
des chercheurs n'est pas en proportion de son
talent, et je ne sais pourqui on le met au même

niveau de Jodelle et de Jehan de la Taille (1), qui se sont vantés d'écrire non pour la *populace en sabots*, mais pour la cour, pour des princes !

Le XVIe siècle a donné deux autres auteurs remarquables, Garnier et P. Lariyey. C'est au sujet du premier que Ronsard a écrit :

> Quel son mâle et hardi ! quelle bouche héroïque,
> Et quels superbes vers entends-je ainsi sonner ?
> Le lierre est trop bas pour ton front couronner,
> Et le bouc est trop peu pour ta muse tragique !

C'est de l'exagération pure ! D'un autre côté, on est coupable d'écraser l'*Hippolyte* de Garnier avec la *Phèdre* de Racine : il est tout simple qu'un poëte, quel qu'il soit, disparaisse dans une pareille comparaison, mais c'est mal juger que de ne pas accorder un mérite presque égal à celui qui a osé mal et à celui qui, sans imiter, a pris exemple pour devenir excellent. Je trouve touchant, dans la tragédie de *Marc-Antoine*, le récit que fait Garnier de

(1) « Cet auteur n'a jamais rimé qu'en dépit de Minerve » (Parfaict, t. III, p. 332.)

son héros mourant. Cléopâtre, craignant d'ê
tre faite captive, le fait monter chez elle au
moyen d'une corde.

> Sa face et sa poitrine était de sang baignée :
> Toutes fois, tout hideux et mourant qu'il était,
> Ses yeux, demi-couverts, sur la reine jetait,
> Lui tendait les deux mains, se soulevait lui-même...
> Mais son corps retombait d'une faiblesse extrême.

Quant à Larivey, on lui doit les premières
comédies en prose (1597). « J'en ai voulu jetter
les premiers fondements, dit-il, lui-même...
non que par là je vueille inférer que je sois
le premier qui faict veoir des comédies en
prose, etc. » Larivey, sans prétendre faire
l'étude des caractères, a réussi à servir de
modèle à Regnard et même un tant soit peu à
Molière : personne avant lui n'était encore
arrivé à ce degré de suivre les maîtres anciens et de faire des pièces originales qui
ne dussent rien à qui que ce fût ; il faut
aussi lui rendre cette justice qu'il fit parler
aux personnages ordinaires un dialogue sans
prétention.

Nous sommes au XVIIe siècle : cette époque doit nous initier à l'essor que prit le théâtre sous la direction de génies incomparables. Tout concourait à une impulsion immense : Rabelais avait balancé les ravages de la corruption en les accentuant et en les soulignant d'un gros rire ; les Estienne apportaient la lumière de leur art ; une Académie des deux sciences, autorisée par lettres patentes du 4 décembre 1570, commençait à briller d'un certain éclat. Jusque-là la scène avait un peu lutté d'ailleurs contre l'indifférence publique : « Des minorités tumultueuses, des guerres civiles et de religion nous occupèrent de choses plus importantes. » En réalité ce ne fut que sous le règne de Louis XIV que la comédie réussit ouvertement, et nous nous trouvons à l'époque où la tragédie, après s'être essayée et après avoir tâtonné, règne et va obtenir presque toutes les faveurs du public pendant un certain temps. En somme, l'organisation du théâtre avait été déplorable et l'on avait par trop considéré un auteur comme un homme à tout faire. L'apparition des auteurs sur les tréteaux est fort ancienne ; nous savons, par les curieuses recherches de M. P. L. Jacob, que Rabelais joua des moralités avec Guillaume Rondelet (1) et avec Antoine Laporta, alors futur doyen de la faculté !

Tout au commencement du XVIIe siècle, comme un éclair de peu de durée, brille maître Jean Auvray, dont Racine aura pu s'inspirer pour sa *Phèdre* ; d'un vil caillou jaillit bien le foyer d'un incendie. Mais Alexandre Hardy l'éclipse ; de son temps Hardy ensevelit ses prédécesseurs sous un amas de plus de six cents pièces. Fontenelle nous raconte que ce poëte, aux gages d'une troupe de comédiens, la fournissait d'une pièce tous les huit jours ! Cette terrible fécondité ne fut guère utile au théâtre qu'en lui communiquant une ardeur incroyable. Cette grêle de nouveautés, sans lui faire faire de

______

(1) Connu par ses travaux sur les poissons. Ce fut sans doute en aidant ce dernier dans ses recherches que Rabelais retrouva le *garum* des anciens, découverte célébrée par Violet et Marot. (M. L. Barré, *Notice sur Rabelais.*)

grands progrès, le jeta en avant. Dès lors les affiches portèrent les noms des auteurs ; Théophile présenta sa *Sophonisbe* et M. de Racan le genre nouveau des bergeries. Hardy fut un Alexandre Dumas sur une large échelle : il composait ses deux mille vers par jour, mettait sur pied, écrivait et faisait jouer une pièce en trois jours :

> J'entends à composer des vers
> Quatre milliers tout d'une haleine,

lui a fait dire Théophile. On lui a reproché de montrer aussi bien Achille mourant qu'une courtisane au lit ; les caresses et les baisers les plus brûlants. que les grands mots de la tragédie ; de faire vieillir de trente ans ses personnages entre le premier et le dernier acte, ou de sauter de Rome à Paris dans un entr'acte : pour moi, son seul mérite est d'avoir compris un théâtre tout autre qu'il n'avait été et bien différent de ce qu'il était.

Scudéry nous laisse certains que les œuvres de Hardy étaient encore le fonds des comédiens en 1635.

Comme nous ne faisons pas ici une étude de l'art dramatique, je ne crois pas devoir parler plus longtemps des auteurs anciens ; je n'ai voulu que montrer les premiers pas des mystères et signaler la naissance du goût pour la tragédie. Il me faudrait entrer dans trop de détails pour parler de Corneille, de Poquelin, de Racine et de Voltaire : ce sont là des noms qu'on ne peut pas effleurer. Je me contenterai d'indiquer après Hardy : Théophile (1628), Jean Mayret (1631), auquel la reine-mère paya mille louis un sonnet ; Jean de Rotrou, un des guides de notre théâtre dans la voie du progrès, et ces académiciens oubliés, Baro, l'auteur de *Clorise*, une charmante et mélancolique pastorale ; P. de Ryer, dont le style n'a pu faire agréer les idées un peu maussades ; G. de Scudéry, Fr. le Métel, et la foule des Benserade et des Quinault, des Desmarests et des Scarron, des Boyer, des Dancon, des Brueys et Palaprat, des de la Motte. Le flot pressé des œuvres et des auteurs monte, monte toujours. Le marais infect devient un étang, un lac, puis une mer ; les horizons s'écartent et l'espace vertigineux éblouit le regard de celui qui n'y est pas préparé. Ne nous aventurons pas à ces tableaux magiques où nul art n'excelle comme celui du théâtre, et où le grandiose nous compromettrait sûrement en nous entraînant au delà des limites modestes de cet opuscule. Enfin, selon une phrase fameuse de la farce la plus ancienne, de Me Patelin, et que le nom de Brueys nous remet en mémoire puisqu'il l'a accommodée à sa façon plus récemment :

Revenons à nos moutons !

CHAPITRE V.

LE THÉATRE FRANÇAIS.

PRÈS avoir étudié l'origine du théâtre à Paris, je vais en faire en peu de mots l'historique. Au milieu des controverses que n'ont pas cessé d'élever la formation du goût pour les spectacles en France et la nature des premiers jeux, j'ai dû ne rien négliger et même avoir une certaine minutie dans la recherche du détail. A présent que le sentier est trouvé, nous n'avons plus qu'à le parcourir.

Cependant il faut jeter encore un coup d'œil en arrière pour connaître les Enfants

Sans-Souci et les Clercs de la Bazoche. Quelques années avant le théâtre de la Trinité, des jeunes gens de famille s'étaient réunis en société pour représenter des farces très-libres et pleines de moqueries. Ils avaient pris le nom d'Enfants Sans-Souci, et Marot nous les présente ainsi :

> ...Nous demandons liesse ;
> De la tenir jamais ne fusmes las,
> Et maintenons que cela est noblesse,
> Car noble cueur ne cherche que soûlas !

Leur chef avait pour titre « le Prince des Sotz » ; il était bien prince, il n'y a pas à en douter ; sa supériorité, sinon son autorité, le prouverait ; mais ses sujets mentaient à leur épithète autant qu'ils pouvaient. Leurs pièces, coupées par des bergerettes égrillardes et dont les personnages étaient le Monde ou Abus, fourmillaient d'allusions fines parfois, grossières le plus souvent : ces divertissements, dans lesquels les Confrères de la Passion virent une nouvelle chance de succès, furent ntroduits à l'hôpital de la Trinité, où le Prince des Sotz et sa bande voulurent bien jouer jusqu'en 1540. Les Enfants Sans-Souci se retrouvent d'ailleurs un peu partout. Gringoire leur fait représenter aux Halles le jeu du Prince des Sotz et Mère Sotte, et cette satire contre Jules II et la cour de Rome obtient un grand succès. Dans le milieu du XVIe siècle nous les revoyons à l'hôtel de Bourgogne, où les comédiens italiens les supplantent enfin (1659).

Il y eut la contre-partie des Enfants Sans-Souci : ce furent les Bazochiens.

Au commencement du XVe siècle, des clercs s'étaient rendus presque célèbres par leurs poésies ; le succès des mystères les piqua d'émulation, et ils voulurent s'essayer dans des représentations scéniques. Arrêtés par le monopole des Confrères, ils personnifièrent les vertus et les vices et les firent dialoguer dans des ouvrages qu'ils intitulèrent *Moralités*. On avait déjà la sottie dans le même genre ; mais la sottie contenait toujours quelques motets ou des bergerettes chantées sur un accompagnement symphonique. Pour obtenir l'autorisation de présenter ces moralités au public, les clercs s'adressèrent au roi.

Les Clercs de la Bazoche formaient une corporation puissante ; les procureurs, accablés par le grand nombre d'affaires (quand le parlement devint sédentaire), avaient dès 1303 pris chez eux des jeunes gens, futurs hommes de clergie, et avaient ainsi aidé à l'établissement d'une société dont les chefs étaient *princes,* et le directeur, juge en dernier ressort des différends qui survenaient sans cesse parmi ses suppôts, était *roi* (1). Les Clercs de la Bazoche s'érigèrent en petit royaume quand ils comptèrent 800 sujets fidèles aux statuts : bien montés, courageux, faisant frapper une espèce de monnaie ayant cours entre eux, ils étaient légèrement flattés par le gouvernement. Aussi, selon que leur hardiesse visait plus ou moins bien, et surtout selon le souverain qu'elle atteignait, émanait du parlement une série d'arrêts contradictoires. Louis XI défend

(1) « Ce tiltre de roy de la basoche est véritablement aboly du temps de Henry III » (voir le *Recueil des Statuts de la basoche*, Paris, Cardin Besongne, MDCLIV), à la suite des funérailles d'un roi de la basoche qui rassemblèrent 10,000 suppôts.

les jeux ; mais Louis XII, voulant se rendre agréables les Bazochiens, se hâte de les autoriser. G. Bouchet, dans ses *Sérées*, dit que Louis XII aimait tant la vérité, que, « pour qu'elle arrivât jusqu'à lui, il permit les théâtres libres et voulut que sur iceux on jouât librement les abus qui se commettaient » : et en effet, les Bazochiens purent débiter à de certaines époques leurs allégories sarcastiques sur la table de marbre de la grande salle du Palais. Ce théâtre, d'un nouveau genre, se divisait en deux parties : la moitié de la table, sans aucun ornement, sans le moindre portant, sans coulisses, servait de scène ; l'autre moitié était un vestiaire mis à l'abri des regards par une draperie que soutenait un léger échafaudage. Malgré l'exiguïté relative de la scène, cinq ou six personnages pouvaient sans embarras s'avancer de front vers le public. On jugera par là de la dimension de la fameuse table de marbre du Palais, « qui portait tant de longueur, de largeur et d'épaisseur, qu'on tient que jamais il n'y eut tranche de marbre plus épaisse, ni plus large, ni plus longue ». Cette table fut détruite en 1618, lors de l'incendie du Palais.

Si avec la liberté de tout dire les clercs de la Bazoche pouvaient exister longtemps, il est certain qu'ils n'avaient plus leur raison d'être avec la censure. Les arrêts et les règlements successifs qu'on imposa au théâtre des Bazochiens causèrent sa mort.

Pendant cela, les Confrères de la Passion voyaient pâlir leur étoile : l'animosité du curé de Saint-Eustache, à la paroisse de qui ils faisaient tort, porta le premier coup en obtenant qu'ils ne commençassent leurs jeux qu'après vêpres. Une nouvelle atteinte fut l'arrêt qui les obligea à ne jouer que des « choses prophanes ». La protection du parlement, qui supprima des troupes rivales pour assurer autant qu'il était en son pouvoir le succès des mystères, ne fit point que le public trouvât ces pièces religieuses moins ennuyeuses. Lassés, les Confrères avaient résolu de profiter du peu de prestige qui leur restait pour céder une partie de leurs priviléges (en se réservant tous les droits) à une troupe de comédiens qu'ils avaient précédemment formée pour les suppléer. Un détail assez intéressant à noter, c'est que l'habit religieux avait autrefois ajouté au mérite du théâtre de la Trinité, et que ce même habit était obligé de s'effacer tout à fait à l'hôtel de Bourgogne. Les Confrères de la Passion, applaudis depuis si longtemps avec une grande notoriété, virent croître rapidement la faveur pour les comédiens qui les remplaçaient ; mais, après l'essai malheureux que firent ceux-ci d'aller jouer (1600) au Marais, quartier mal entretenu, mal famé, où les recettes furent problématiques, les Confrères demandèrent un arrêt qui confirmât leur monopole, et ils l'obtinrent le 29 janvier 1613. Aussi ne prit-on pas en considération la requête des comédiens (26 octobre 1629), dont le but, en entamant une querelle avec les entrepreneurs, était la cessation des priviléges de la Confrérie, qui, ayant gardé un pied à l'hôtel de Bourgogne, bénéficiait du regain de succès des acteurs avec lesquels elle avait traité (1).

(1) Les comédiens La Fleur, Fleschelles, Belleuile, Bellerose et autres, leurs compagnons « soy-disans co-

En dépit de l'arrêt contradictoire, en dépit de la prospérité dont jouissait la première société des Mystères, la guerre était déclarée entre le passé et l'avenir. Le monopole exerça une dernière fois son trafic d'exclusion dans la fermeture d'un théâtre rival établi au Jeu de Paume de la Fontaine, rue Michel-le-Comte : car, le 24 avril 1641, le roi accorda des lettres patentes en faveur des comédiens.

Aussitôt le nombre des acteurs s'accrut, et les auteurs travaillèrent plus activement pour la troupe royale. Celle-ci devait célébrer la véritable naissance du théâtre en France, en interprétant les tragédies de Corneille. Le

médiens du roy et de l'eslite royale », avaient essayé de prouver que les confrères usurpaient les titres de la société fondée il y avait trois cents ans. Un arrêt fut rendu disant que « les doyen et maistres de la Passion « ne sont point usurpateurs, et que lesditz soy-disans « comédiens du roy (les ayant qualifiés tels) iceux co-« médiens sont (sauf correction) des imposteurs, des « calomniateurs et très-faux accusateurs, méritans d'es-« tre chastiés exemplairement ». (Pages 64, 65, 66 du Recueil des principaux tiltres concernant l'acquisition de la propriété des Masure et place où a esté bastie la maison appelée vulgairement l'hostel de Bourgogne. — Paris, MDCXXXII.)

public, en se passionnant pour ce génie à son aurore, allait, lui aussi, témoigner d'un goût plus vif et plus noble pour l'art dramatique qui se dégageait seulement d'un affreux état de barbarie.

Jusqu'au XVIIe siècle, jusqu'à la salle de spectacle du Palais-Royal, le théâtre n'eut point d'asile digne de lui. C'est seulement avec une interprétation meilleure que l'on s'aperçut enfin qu'une salle devait être organisée pour l'acoustique. Du moment qu'on ne venait plus au théâtre comme on y venait dans le siècle précédent, soit pour assister aux mystères hybrides, partagés entre les chausses du bateleur et le béguin de la dévotion, soit pour voir les scènes du célèbre Jean Serre.

> Qui tout plaisir allait suyvant
> Et grand joueur en son vivant,
>   Non pas de dez, ne quilles,
>   Mais de belles farces gentilles (1).

et passer son temps dans la salle basse

(1) *Epitaphes*, IX (Clément Marot).

parterre) plus de deux heures avant le jeu « en devis impudiques, jeu de cartes et de dez, en gourmandises et ivrogneries, tout publiquement, d'où viennent plusieurs querelles et batteries », on songea à une nouvelle distribution de places. Les théâtres changent d'aspect : on établit devant la scène des gradins, pour que les siéges des spectateurs ne soient plus au même niveau, et afin qu'on puisse dès lors voir et entendre de toutes les parties de la salle. Le progrès était évident ; un peu moins l'étaient les siéges, car, pour être assuré d'en posséder un, on devait l'apporter avec soi. Il n'y avait pas de règlement suivi à l'intérieur ; la bienséance se trouvait en heurts perpétuels avec la décence, et je vais citer une anecdote sur ce point :

Anne, la mère de Louis XIV, quand elle reçut Christine de Suède, voulut lui donner un passe-temps qui éblouît l'étrangère. On considérait Christine comme une Huronne, non sans raison, vous l'allez voir. Anne inaugura donc pour elle les représentations de gala, et on organisa un petit spectacle à sen-

sation. Christine, fort étonnée de la disposi-
tion des places, peut-être fâchée d'avoir un
vis-à-vis, ou simplement fatiguée et innovant
la façon de se reposer à l'américaine, s'étala
et mit avec un sans gêne admirable les deux
jambes sur le dos du siége qui était devant
elle. On peut aisément se figurer la stupéfac-
tion de la cour, où l'on commençait à se pi-
quer d'étiquette : la pudeur allait être offensée
dans un milieu d'où elle était bannie depuis
longtemps ; l'impudicité, simple résultat de
l'indiscrétion, au fond, arrangea la chose.
Tous les regards des assistants rassurèrent
les consciences en vérifiant qu'avec une ori-
ginalité inconcevable, Christine de Suède
portait un costume masculin (1) sous ses
cottes.

Le nombre des spectateurs était généralement tel, que l'exiguïté des salles n'avait que
rarement à le redouter. Malgré l'affluence
dont nous parlent quelques auteurs, j'ai tout
lieu de croire à l'exagération, d'après la me-

(1) *Sic*. Les Mémoires n'en disent pas davantage

sure des salles, qui est à peu près connue. On était loin du grand Cirque de Rome, qui, ayant 2,187 pieds de long sur 960 de large, contenait 150,000 spectateurs, selon les écrivains les plus modérés, et 260,000 et même 300,000, selon plusieurs autres (1).

J'ai dit qu'il n'y avait pas de règlement suivi par le public, il n'en était pas de même pour l'engagement des acteurs et pour les amendes; les contrats existaient depuis fort longtemps. Les acteurs, y était-il dit, engagés pour jouer un mystère, devaient « par« faire l'emprise; ils estoient tenus de faire « serment, et eulx obligier par devant « hommes de fiefs et notaires, de jouer ez « jours ordonnez et de comparoistre ez jours « de représentations à VII heures du matin « pour recorder, sur peine de six pa« tars... (2).

Quant à la mise en scène, elle a été l'objet

(1) Ces derniers chiffres n'auraient rien d'étonnant d'après la description d'Onuphre et de Pirro Ligorio.

(2) Le patar qui avait cours sous Louis XII était une piécette de monnaie de la valeur d'un liard ou à peu près

de bien des controverses, et les descriptions que Corneille fait lui-même en tête des tableaux de Clitandre doivent être bien diminuées. Il n'est pas rare que nous subissions d'affreuses déceptions devant des tableaux où nous voyons non pas ce que l'auteur a rêvé, ce qu'il a voulu y mettre, mais bien ce qu'il y a mis. Rien ne coûte à un poëte pour annoncer que va paraître un palais tout de nacre, ou qu'Apollon se montrera emporté dans le ciel sur un char éblouissant, traîné par ses quatre chevaux légendaires : aujourd'hui même, où les machinistes se vantent de faire de la réalité sur les planches comme nos auteurs du réalisme, ne pouvons-nous pas dire avec franchise que nos vaisseaux ont bien l'air de ce qu'ils sont, et que nos chemins de fer n'ont pas l'air de ce qu'ils prétendent être.

La tragédie, en devenant le genre préféré du public, ne fut guère représentée avec le luxe que nous lui accordons, aujourd'hui qu'elle est démodée. Les costumes dans la tragédie étaient simplement ceux du temps.

9.

Les acteurs portaient des costumes de cour, auxquels ils ajoutaient une ceinture (1). Et il ne faut pas s'étonner de l'immense effet produit par les œuvres de Corneille jouées en justaucorps Louis XV, par exemple : car, dans un essai de représentation fait dernièrement (2), on a pu s'assurer que *Phèdre* n'exige pas absolument les costumes grecs. Ce fut tout une révolution quand parut un véritable vêtement grec sur la scène : le costume, donné par un grand seigneur, étalait une munificence digne de remarque et prouvait qu'en dépit de la défaveur jetée sur les comédiens on narguait déjà le monde et la religion pour l'amour d'une grande artiste. Un pas était fait dans cette voie difficile de la rénovation, et c'était beaucoup si l'on songe à ce que Rabelais dit à propos d'une Passion jouée à « St-Maixent, en Poictou » et pour laquelle on requit des cordeliers,

(1) « *L'Histoire universelle des Théâtres* » est le seul ouvrage qui fasse mention d'une façon catégorique des costumes dans la tragédie française.

(2) Novembre 1869.

chapes et étoles, ajoutant que les diables
« estoient touts capparassonnez de peaulx
de loupz, de veaulx et de besliers, passemen-
tées de testes de moutons, de cornes de
bœufs et de grands havetz de cuisine (1). »

Mais revenons au Théâtre Français pour
terminer rapidement l'historique de ses commencements.

C'est en 1650, dans le Jeu de Paume de
la Croix-Blanche, au faubourg Saint-Germain,
que Molière monta sur les planches en com-
pagnie de quelques amateurs. Les jeux de
paume se convertissaient très-facilement en
théâtres à cette époque : d'abord ils étaient
très-nombreux, puis rien n'était plus commode
que d'élever une scène dans ces vastes salles.
Le peu de recettes que fit le jeune Poquelin
l'engagea à faire une tournée en province ;
et, quand il revint dans la capitale au bout
de huit ans, le roi manifesta le désir de le
voir au Louvre dans *Nicomède* et *le Docteur
amoureux*. Le succès de Molière se dessina, et
il lui fut permis de jouer alternativement avec

(1) Crocs.

les Italiens au Petit-Bourbon. A la reconstruction du portail du Louvre, qui exigeait la démolition du Petit-Bourbon, Molière put prendre pour sa troupe le titre de théâtre de Monsieur et s'établir au Palais-Royal, où il joua, le 4 février 1661, *Don Garcie de Navarre* (com. h. 5 a. en vers); le 24 juin, *l'Ecole des Maris*, et le 4 novembre, *les Fâcheux* (com. b. 3 a. en vers). Outre cette faveur, Poquelin toucha 7,000 livres de pension pendant les cinq ans que le roi prit la troupe à son service.

La salle du Palais-Royal, qui fut vraiment la première salle de spectacle à Paris, avait été bâtie par Richelieu : le cardinal dépensa de cette façon 300,000 livres pour faire jouer sa comédie *Mirame*. On l'avait inaugurée le 14 mars 1639, mais elle ne fut pas publique pendant vingt-deux ans.

A la mort de l'auteur du *Misanthrope*, le 17 février 1673, les comédiens du Marais (démembrement de l'hôtel de Bourgogne, qui n'eut de succès que lorsque la *Mélite* de Corneille attira la vogue à deux théâtres à la fois), s'unirent à ceux de Molière et se fixèrent à l'hôtel Guénégaud : la troupe de l'hôtel de Bourgogne les y rejoignit bientôt (21 octobre 1680).

L'hôtel Guénégaud devint alors le rendez-vous des lettrés; le public venait y applaudir la troupe à laquelle le roi prodiguait ses faveurs et une subvention de 12,000 livres. Louis XIV, pour donner du relief à cette salle de spectacle, qui devait être célèbre par les auteurs, les œuvres et les interprètes qu'on allait y admirer, lui fit présent des loges, du théâtre et des décorations de la salle du Palais-Royal.

Vers cette époque, il faut placer un fait des plus importants dans l'histoire du théâtre. Dès l'abord, on ne trouva pas de femmes qui voulussent remplir un rôle quelconque sur les tréteaux, et dans la nécessité où l'on était de faire débiter force grivoiseries et paroles libres surtout par les soubrettes, afin de plaire au public, on fit tenir par un acteur les personnages de servante dans la comédie, et, plus tard, de nourrice dans la tragi-comédie.

Quand le théâtre revêtit un caractère plus régulier, à l'époque des représentations de la *Galerie du Palais*, des femmes parurent sur la scène, ce qui n'empêcha pas l'ancien usage de subsister jusqu'en 1685. Hubert, entre autres, qui fut un des bons comédiens de la troupe de Molière, créa et remplit le rôle de la *Devineresse*.

Il était écrit que la réunion des théâtres français ne mettrait pas un terme aux déménagements successifs des comédiens, car on retrouve la troupe royale dans le nouveau local que l'architecte d'Orbay lui avait construit rue des Fossés-Saint-Germain-des-Prés. Cette salle, élevée sur l'emplacement du jeu de paume de l'Étoile, coûta 200,000 livres (1), somme peu onéreuse pour une troupe qui avait reçu en 1682 le brevet lui accordant sa pension de 12,000 livres et qui put, vingt ans après, arrêter que toute part

(1) La Comédie-Française joua ensuite dans la salle des Machines, aux Tuileries (1770), pendant une période de douze années; après quoi elle émigra à l'Odéon, que venaient d'achever Peyre et de Wailly. L'Odéon fut ouvert le 9 avril 1782.

entière de comédien serait de 13,130 livres 15 sols.

A partir de ce moment, on constate une extension définitive du goût théâtral dans le public. Les essais que firent la demoisèlle Villiers et une troupe de Saint-Germain prouvent que plusieurs scènes auraient pu jouer des comédies avec un lucre satisfaisant, si un nouveau monopole n'avait pas entravé à son tour l'essor de l'art dramatique. Il faut reconnaître néanmoins que de sages règlements au sujet du répertoire, des auteurs, des débuts, firent de la troupe royale un théâtre de premier ordre. Enfin le public devenait exigeant en même temps que plus intelligent, et les salles secondaires de Mademoiselle (Montpensier), des Bamboches et de la troupe Dauphine durent plus d'une fois compter elles-mêmes avec les arrêts sévères d'un juge inexorable.

APPENDICE.

———

IL est nécessaire, pour rendre cet essai plus complet, que je parle de la musique au théâtre. Je le ferai d'autant plus brièvement que je me suis déterminé à être bref dès l'abord, et que cette partie a été traitée avec soin et de toutes les manières par bien des écrivains fort autorisés.

On peut facilement établir que du mode de plain-chant, des ariettes d'Adam de la Halle aux sotties et aux bergerettes, une grande distance fut parcourue; mais, pour parler en connaissance de cause de l'harmonie et de l'instrumentation avant et après Lulli, il faut avoir fait des études spéciales et avoir plus d'espace qu'il ne nous en est laissé dès à présent. Dans le but de simplifier ce chapitre et de ne pas nous écarter de notre but, je vais rappeler succinctement l'établissement des Italiens et la fondation de l'Opéra à Paris.

Gli Gelosi, applaudis aux États de Blois et installés en 1577 dans la salle du Petit-Bourbon, au Louvre, furent les premiers acteurs italiens de Paris. La salle du Petit-Bourbon, ainsi nommée parce qu'elle était proche de l'hôtel du même nom, faisait partie du palais du Roi et fut rarement utilisée : cependant c'est d'une de ses fenêtres que Charles IX tira sur son peuple. Les Italiens y excitèrent la curiosité publique dès leur arrivée : ils prenaient quatre sols par personne et firent les délices du commun en même temps que ceux de la cour d'Henri III, qui les avait fait venir.

Aux troubles qui éclatèrent en France, Gli Gelosi regagnèrent au plus vite l'Italie; mais ils avaient laissé des souvenirs durables, et la comédie italienne ne tarda pas à avoir de nouveaux interprètes. En 1584, puis en 1588, on signale deux troupes qui obtiennent un certain succès. Henri IV ramena des Italiens du Piémont, et Louis XIII en appela à son tour qui restèrent près d'un an à Paris.

Enfin le théâtre du Petit-Bourbon était fermé depuis longtemps, quand, en 1645, Mazarin y fit chanter la *Festa teatrale della finta Pazza* : l'œuvre était de Jules Strozzi.

Ce fut une révolution que la première audition d'un opéra à Paris : le cardinal avait voulu que

des ouvriers spéciaux vinssent agrandir la salle et
l'orner, aménager la scène, y établir les décorations et les machines comme en Italie; il avait
tenu à ce que les chanteurs, les choristes et les
musiciens même fussent de ce pays. J. B. Balbi,
après l'opéra, donna un ballet où parurent des
ours et des singes. Ces innovations devaient être
fort goûtées; elles réussirent à souhait. Les Italiens alternèrent alors avec les comédiens de
l'Hôtel de Bourgogne, et jouèrent au Palais-
Royal. De 1680 à 1697, nous les trouvons même
tout à fait en possession de l'Hôtel de Bourgogne; et, s'ils ne firent pas parler d'eux un certain temps (1697-1716), Riccoboni leur donna
un lustre plus grand que celui qu'ils avaient
eu jusqu'à cette époque. Les Italiens devinrent
la troupe du régent, et, en 1723, prirent le
titre de Comédiens italiens du roi. Quarante ans
plus tard, ils fusionnaient avec l'Opéra-Comique,
qui déjà leur faisait beaucoup de tort.

L'Opéra-Comique, réuni à la troupe italienne
en 1762, eut des commencements incertains :
d'aucuns disent qu'il a été introduit à Paris à la
fin du XVIIe siècle (1698) par Alard et Maurice,
qui représentèrent un divertissement en ce genre;
mais son établissement date en réalité de 1640, où
l'on joua une comédie en chansons. Une autre
tentative donna le jour, en 1661, à une pastorale :
l'Inconstant vaincu, et, en 1662, à une nouvelle
comédie en chansons.

L'Opéra-Comique, à ses premiers essais, obtint

un tel succès qu'il excita naturellement la jalousie des troupes rivales et fut supprimé plusieurs fois pour ce motif ; son histoire régulière part de 1752. Le sieur Monet, en cette année, l'établit avec priviléges, et dix ans après les Italiens, dont la vogue diminuait, ne virent de ressources, de salut, qu'en obtenant la fusion, rêvée par eux depuis longtemps, avec le nouveau spectacle.

« Les Italiens sont les inventeurs de l'Opéra », a écrit M des Essarts. En effet, mais les Français en un quart de siècle devaient les égaler, sinon les surpasser. Après le succès obtenu par l'opéra d'*Orfeo e Euridice* (1647), Pierre Perrin osa le premier présenter des paroles françaises sur lesquelles Cambert, l'inspecteur de la musique de la reine, fit une musique destinée à une vogue immense (1659). La pastorale en cinq actes de Perrin fut chantée à Issy pour la première fois, puis à Vincennes devant le roi, et fut applaudie avec frénésie, bien qu'elle ne contînt aucune danse et fût dépourvue de ces machines qui éveillaient alors la curiosité publique.

Pierre Perrin se mit à travailler activement à une *Ariane* qui entrait en répétitions quand mourut le cardinal Mazarin. — *Ariane* ne vit point la scène, et huit ans s'écoulèrent, au bout desquels (28 juin 1669) l'abbé Perrin obtint la permission par lettres patentes « pour chanter en public des pièces de théâtre comme il se pratique en Italie, en Allemagne et en Angleterre, pendant l'espace de douze années. » Les lettres portaient encore :

« Les gentilshommes et demoiselles pourront chanter audict Opéra sans que pour ce ils dérogent au titre de noblesse, ni à leurs priviléges, charges, etc. » — L'entreprise devenait sérieuse. Perrin demanda à Cambert son concours pour la musique et s'adressa immédiatement au marquis de Sourdeac, que ses brillantes études avaient mis à même de perfectionner les machines scéniques. M. de Sourdeac avait déjà fait des prodiges pour l'époque dans une pièce de Corneille jouée à son château de Neubourg : cette pièce, c'était *la Toison d'or*, le roi et toute la cour voulurent la voir (1660).

La société Perrin, Cambert et de Sourdeac fut commanditée par le sieur Champeron, et put présenter au public, dès 1671, un opéra intitulé : *Pomone*, sur une scène élevée dans le Jeu de Paume de la rue Mazarine. *Pomone* eut d'emblée les faveurs du public et tint le théâtre pendant huit mois; elle rapporta 30,000 livres au seul Perrin.

Un dissentiment s'éleva alors, et Perrin se retira; Gilbert prit sa place et fit un poëme dont le succès fut moindre. Vite découragé, Cambert partit pour l'Angleterre, où Charles II lui offrait la surintendance de la musique royale. L'Opéra allait retomber dans l'oubli peut-être, faute d'entrepreneurs, quand Lulli sollicita la permission d'imprimer un essor plus grand à un genre qui paraissait être tout à fait du goût du public.

Il ne nous appartenait pas de parler longuement

de la musique, nous l'avons dit ; aussi, sans chercher à montrer ce qu'il y a de vain dans l'affirmation de certains auteurs qui font remonter la création de l'Opéra français au XVIe siècle, nous dirons que l'école de la danse, autorisée par Charles IX et ouverte par Baïf, en sa maison de la rue des Fossés-Saint-Victor, en 1570, ne fut pas une académie, mais un lieu de répétitions pour les mascarades.

Jean-Antoine de Baïf réunissait bien aussi des beaux esprits et des musiciens, mais c'était pour flatter sa manie de mesurer les vers français comme on mesurait les vers latins. Pasquier nous montre Baïf comme un homme sans valeur, et lorsque Charles IX envoya au Parlement les lettres patentes par lesquelles il acceptait « le surnom et protecteur d'icelle académie, » le Parlement, l'Université et jusqu'à l'évêque de Paris s'élevèrent contre ce projet (1).

La danse était bien mieux honorée que le chant ; quand Benserade se mit à composer des ballets, on sait que le jeune roi Louis ne dédaigna pas d'y paraître comme acteur : la passion du grand roi pour la gavotte fut une source de bienfaits pour la mise en scène. Le luxe des accessoires devint for grand et eut un cadre digne de lui, grâce à M. de Sourdeac, que nous avons nommé précédemment

---

(·) Et cette école eut fort peu de durée. A la mort de Baïf elle ne fut plus fréquentée (1589), et vingt ans après son établissement on n'en parlait plus.

et à Corneille, qui écrivit *la Toison d'or*, et *An-dromède*, comme « tragédies à machines ».

Lulli était homme à profiter de tout ce qui s'était fait avant lui, de ces tentatives qui avaient tracé une voie magnifique à son génie. Lulli, dans la nouvelle combinaison qu'on lui dut, s'attacha à avoir des effets propres, qui ont assuré la célébrité à son nom. Comme l'abbé Perrin, il prit un poëte en titre, ce fut Quinault, et un machiniste habile, Vigaroni, qui avait acquis une grande expérience au théâtre du Roi. L'association fut signée le 11 novembre par Lulli; le 15 du même mois, on jouait « les Fêtes de l'Amour et de Bacchus » sur le théâtre du Luxembourg, que l'on avait construit spécialement rue de Vaugirard.

Ce théâtre du Luxembourg ne devait pas servir longtemps, car, lorsque Molière mourut, Louis XIV s'empressa de faire don de la salle du Palais-Royal à l'Académie royale de musique, titre qu'ac-cordaient à l'Opéra français les lettres patentes qui suivent :

Permission au sieur Lulli de tenir académie roïale de musique, etc.

Louis, par la grâce de Dieu roy de France et de Na-varre, à tous présents et advenir, salut. Les sciences et les arts estans les ornemens les plus considérables des Estats, nous n'avons point eû de plus agréables diver-tissemens depuis que nous avons donné la paix à nos peuples, que de les faire revivre en appelant auprès de nous tous ceux qui se sont acquis la réputation d'y exceller, non seulement dans l'estendue de nostre royaume, mais aussi dans les païs estrangers ; et pour les obliger davantage de s'y perfectionner, nous les avons honorez des marques de nostre estime et de nostre bienveillance. Et comme entre les arts libéraux la musique y tient un des premiers rangs, nous avions, dans le dessein de la faire reüssir avec tous ces avantages, par nos lettres patentes du 28 juin 1669, accordé au sieur Perrin une permission d'establir à nostre bonne ville de Paris et autres de nostre royaume des académies de musique pour chanter en public des pièces de théâtre, comme il se pratique en Italie, en Allemagne et en Angleterre ... Mais ayant esté depuis informez que les peines et les soins que ledit sieur Perrin a pris pour cet établissement n'ont pu seconder pleinement notre intention, etc..., nous avons audit sieur Lulli permis et accordé.... d'establir une académie royale de musique dans nostre bonne ville de Paris, etc., etc.

Et d'autant que nous l'érigeons sur le pied de celles des académies d'Italie, où les gentilshommes chantent publiquement en musique sans déroger, voulons et nous plaist que tous gentilshommes et damoiselles puissent chanter auxdites pièces et représentations de nostre dite académie royale, sans que pour ce ils soient censez déroger audict titre de noblesse et à leurs priviléges, charges, droits et immunitez....

Car tel est nostre plaisir.... Donné à Versailles, au mois de mars l'an de grâce M DC LXXII, et de nostre règne le XXIXe.

L'histoire de l'Opéra est bien simple depuis lors : pendant un siècle, Quinault, Campistron, Fontenelle et cinquante autres noms remarquables et remarqués se produisirent sur la scène du Palais-

Royal; les musiciens ne se distinguaient pas moins par leurs compositions, Lulli, en s'attachant à peindre le premier les sentiments exprimés dans le poëme, et Colasse, Destouches, Campra, Rameau, Mondonville, etc., etc. — Sur cette même scène où *le Devin du village,* de Rousseau, ouvrit des horizons pleins de charmes, on inaugura les fameux bals masqués de l'Opéra, en 1717.

A la fondation de l'Opéra, qui devait se mettre en frais de mise en scène et être à même d'essayer tous les perfectionnements que soumettrait le progrès, le théâtre entre dans une ère nouvelle et son histoire ne m'appartient plus. Non-seulement les salles se multiplient et les productions scéniques sont assez brillantes pour avoir encore la plus large place sur le théâtre du XIXe siècle, mais la mise en scène prend de grandes proportions, et les études auxquelles les machines donnent lieu présagent l'essor que les théâtres de tous genres devaient prendre avant peu.

QUELQUES DATES DES ACTES [1] CONSIGNÉS

SERVANT A L'HISTOIRE DES THÉATRES.

Décembre 1402. Lettres par lesquelles le roi Charles VI permet aux Confrères de la Passion de faire des représentations publiques.

15 mai 1476. Première interdiction des représentations de la Bazoche.

Février 1414. Arrest sur les jeux et danses de la Bazoche.

5 janvier 1515. Règlement contre la licence des jeux de théàtre des colléges.

2 septembre 1519 La peste à Paris. Les Confrères de la Passion.

15 mai 1521. Montres et jeux de la Bazoche.

27 décembre 1523. Contre la licence des jeux de théâtre des colléges.

29 décembre 1525. Les farces et momeries deffendues aux colléges.

20 mai 1536. Règlement pour les jeux de la Bazoche.

23 janvier 1537.   Id

10 juin 1541. Mystère ou comédie des Apôtres.

27 janvier 1541. Règlement pour les pièces de théâtre.

11 mars 1544 Jeux publics deffendus.

1. Ils se trouvent dans Félibien. (*Histoire de Paris.*)

18 février 1549. Permission de représenter des pièces de théâtre dans les colléges.

2 juin 1552. Arrest au sujet des jeux de la Bazoche.

15 septembre 1571. Jeux de théâtre interdits.

20 septembre 1577. Arrest en faveur des maîtres de la Passion.

12 juin 1582 Arrest au sujet des jeux de la Bazoche.

19 juillet 1608. Arrest en faveur du Prince des Sotz.

29 janvier 1613. Arrest sur la confirmation des priviléges de la Confrairie de la Passion.

26 octobre 1629. Réponse des Confrères de la Passion à une requête des comédiens.

7 novembre 1629. Arrest du conseil entre les comédiens et les Confrères de la Passion.

22 mars 1633. Arrest au sujet des comédiens du Jeu de Paume de la Fontaine, rue Michel-le-Comte.

24 avril 1641. Lettres patentes en faveur des comédiens.

30 mars 1661. Établissement d'une académie roïale de danse.

1672. Permission (lettres patentes) au sieur Lulli de tenir académie roïale de musique.

LES PREMIERS THÉATRES DE PARIS.

Nᵒˢ	ANNÉES.	ROIS.	NOMS ET DÉSIGNATION DES THÉATRES.
1	1398	Charles VI.	Théâtre sans installation réglementée à Saint–Maur.
2	1402	»	Théâtre de la Trinité.
3	1540	François Iᵉʳ.	Théâtre à l'hostel de Flandre.
4	1548	»	Théâtre à l'hostel de Bourgongne.
5	1577	Henri III.	Théâtre à l'hostel de Bourbon : Comédiens italiens, gli Gelosi.
6	1584	»	Théâtre à l'hostel de Cluni (supprimé sous le même règne, ainsi qu'une nouvelle troupe d'Italiens).
7	1588	»	Comédiens françois (supprimés).
»	»	»	Les colléges de Reims et de Boncourt forment chacun un théâtre.
8	1600	Henri IV.	Théâtre du Marais à l'hostel d'Argent. Réuni à la troupe de Molière.
9	1629	Louis XIII.	Comédiens de l'élite roïale.
10	1645	»	L'opéra italien introduit par Mazarin.
11	1656	Louis XIV.	Formation de la troupe de Molière : 1º au faubourg Saint–Germain, sous le nom de *Troupe illustre*, 2º au Petit-Bourbon, 3º au Palais-Royal sous le nom de *Théâtre de Monsieur*, 4º avec le titre de *Troupe du roi* (août 1665).
12	1661	»	Fondation de l'Opéra par Perrin. L'Opéra devient Académie roïale de musique en 1673.
13	1680	»	Troupe roïale (réunion des théâtres français avec pension d'environ 12,000 livres), établie en son hôtel, rue des Fossés-S.-Germain (1684).
14	»	»	Théâtre de Mademoiselle (n'acquiert aucune importance).
15	»	»	Troupe Dauphine (disparaît en peu de temps).
16	»	»	Bamboches (au Marais).

TABLE DES MATIÈRES.

Imprimé à Paris

PAR D. JOUAUST

RUE SAINT-HONORÉ, 338

M D CCC LXX

9 782014 458268